KB182736

# 장난기

열림원어린이 창작동화 06

# 장난기

1판 1쇄 인쇄 2025년 1월 8일
1판 1쇄 발행 2025년 1월 20일

글쓴이 서윤빈
그린이 조현아

펴낸이 정중모
펴낸곳 열림원어린이

주간 서경진 | 편집 정혜연, 김보라 | 디자인 권순영
마케팅 홍보 김선규, 고다희 | 디지털콘텐츠 구지영
제작 윤준수 | 회계 홍수진

등록 1988년 1월 21일(제406-2000-000202호)
주소 경기도 파주시 회동길 152
전화 031-955-0670 | 팩스 031-955-0661
인스타그램 @bluebird_publisher | 전자우편 bbchild@yolimwon.com

©서윤빈, 2025
ISBN 978-89-6155-539-5 73810

어린이제품안전특별법에 의한 제품 표시
제조자명 열림원어린이 | 제조년월 2025년 1월 | 제조국 대한민국 | 사용연령 7세 이상

# 장난기

서윤빈 글 | 조현아 그림

열린어린이

이상하게 자판기가
들썩거리는 것만 같았다.
쿵떡 쿵쿵떡, 와르르르.
자판기의 물음표가 일렁이더니
게임 속에서 아이템을 뽑을 때처럼
다양한 물건들이 위아래로
빠르게 흘러갔다.


"네 소원은 뭐야?"

# 여러분만의 장난기를 찾아보세요

어릴 적 저는 궁금한 게 많았어요. 저 골목 너머에는 뭐가 있을까? 서랍을 열어보면 안에 무엇이 살고 있을까? 도깨비 나 용, 마법사 같은 것들을 저는 상상했어요. 하지만 막상 가 보면 기대했던 것과는 다른 것들이 있었죠. 골목에는 자판기 나 초록색 헌 옷 수거함 같은 것이 있었고, 서랍에는 낡은 휴 대전화기들이 있곤 했어요. 하지만 실망하지는 않았어요. 쉽 게 눈에 띈다면 그건 요정이 아니니까요. 옷장마다 서랍마다 있다면 그건 마법의 문이 아니니까요. 제 어린 시절은 그런 기대와 두근거림으로 가득했어요.

어른이 된 지금 세상에는 비밀이 너무 적다는 이야기를 많 이 들어요. 어른들이나 아이들이나 골목 너머에 뭐가 있는지 궁금해하기보다는 휴대전화를 보는 걸 더 좋아하는 것 같기 도 해요. 하지만 그건 세상이 지루해졌기 때문은 아닐 거예 요. 카메라에는 담기지 않는 작은 비밀들은 여전히 우리 곁 에 있어요. 어제는 서랍에서 귀뚜라미를 발견했어요. 저는 도시에 살고 있고 귀뚜라미는 거리에서도 본 적이 없는데도요.

그러니까 가끔은 여러분만의 장난기를 찾아봐요. 장난기를 찾지 못하더라도 여러분만의 작은 비밀이 생길 거예요.

서윤빈

# 프롤로그

　어둠 속에 잠긴 마을이 있었다. 컴컴한 탓에 작은 언덕들과 시내, 잘 닦인 흙길과 사과만 한 초가집들이 흐릿한 윤곽으로만 보였다. 마을 전체가 새근새근 잠들어 아무 소리도 없이 조용했다. 그곳에서 움직이는 게 딱 하나 있었다. 작은 도깨비 하나가 걷고 있었다. 조심성도 없이 총총 뛰면서 흙길을 타박타박, 시내를 찰박찰박. 곧 도깨비는 벽에 도착했다. 벽에는 비행기 조종석처럼 레버와 스위치들이 달려 있었다.

　툭, 툭, 툭.

　도깨비의 작은 손이 레버를 당기고 스위치를 눌렀다.

그러자 텅, 하는 소리와 함께 하늘이 밝아졌다. 작은 도깨비는 더벅머리에 이마에 뿔이 하나 달렸고, 호피 무늬 원피스를 입고 있다. 도깨비는 벽에 걸린 확성기에 대고 꽥 소리쳤다.

"일어나! 하루 시작이다!"

마을이 일제히 깨어났다. 집집마다 문이 열리고 작은 도깨비들이 삼삼오오 쏟아져 나왔다. 머리카락이 없는 도깨비, 눈이 하나만 달린 도깨비, 허수아비처럼 한 다리로 콩콩 뛰어다니는 도깨비……. 머지않아 와자지껄한 소동이 벌어졌다. 도깨비들은 한시도 쉬지 않고 쫑알거리며 각자가 맡은 곳으로 달려가 분주하게 일하기 시작했다.

"오늘은 뭘 만들어야 하지?"

작은 방망이를 든 도깨비가 물레방앗간으로 달려가며 외쳤다.

"도깨비감투! 오늘은 도깨비감투야!"

검정 실이 걸린 방직기에 앉은 도깨비들이 합창하듯 말했다.

"물 마실 도깨비는 손!"

작은 카트를 탄 도깨비가 물을 길어 질주했다. 카트가 덜컹거릴 때마다 나무 양동이에 담긴 물이 출렁출렁 춤을 쳤다.

"무슨 노래 부를래?"

도깨비 하나가 언제 올라갔는지 종탑에서 고개를 빼꼼히 내밀고 소리쳤다.

"당연히 도깨비 대합창이지!"

모든 도깨비들이 입 모아 말했고, 종탑 도깨비는 긴 머리를 찰랑찰랑 휘두르며 고개를 끄덕이더니 안으로 들어가 연주를 시작했다. 경쾌한 종소리가 마을에 울려 퍼졌다. 방직기에 앉은 도깨비들이 페달을 밟거나 손잡이를 밀어 올리면서 쿵덕, 쿵쿵덕 박자를 맞췄다. 그 소리에 맞춰 검은색 천이 강물처럼 흘러나왔다. 가위를 든 도깨비들이 달려들어 찰칵찰칵 천을 잘라 마을 한가운데 있는 뼈대에 가져다 붙였다. 왕관 같기도 하고 산맥 같기도 한 도깨비감투가 점차 형태를 갖춰 갔다.

도깨비들이 노래했다.

"이 행운을 거머쥘 사람은 누가 될까?"

"야호, 얏얏호!"

"어린이든, 노인이든, 남자든, 여자든 아무렴 어때?"

"야호, 얏얏호!"

"우리는 재미만 있으면 그만이야! 우울한 건 최악

이야!"

뿔이 두 개 달린 도깨비가 양탄자를 타고 분주히 날아다니며 만들어져 가는 도깨비감투를 여기저기 꿰맸다.

눈이 세 개 달린 대머리 도깨비는 커다란 종이 위에 무릎을 꿇고 앉아 글자를 썼다.

낚싯대를 든 도깨비들이 박자에 맞춰 물고기를 낚아 올렸다. 물고기들은 소쿠리에 담겨 김이 모락모락 풍기는 주방으로 옮겨졌고, 그곳에서는 칼과 방망이를 든 도깨비들이 쿵덕 쿵쿵덕 차르륵 착착 요리를 했다. 고소한 냄새가 마을에 퍼졌다.

제일 먼저 깨어난 뿔 도깨비는 벽 앞에 놓인 의자에 앉아 있다가 이따금씩 커튼을 열고 슬쩍 바깥을 살폈다. 거대한 물음표가 거꾸로 그려진 커튼이었다. 커튼 너머로는 그림자 드리운 골목이 보였다. 그리고 골목 건너편에 햇살이 환히 비추는 하얀 담장이 보였다. 그 담장에 갑자기 사람이 나타났다. 양산을 든 아저씨였다. 아저씨는 무슨 소리를 듣기라도 했는지 멈춰 서서 두리번거렸다.

"쉿!"

뿔 도깨비가 소리치자, 마을을 왁자지껄하게 울리던 노래가 뚝 끊겼다. 도깨비들 역시 분주하게 일하던 손놀림

을 멈추고 '얼음, 땡' 놀이에서 얼음이 된 것처럼 얼어붙
었다.

한편 두리번거리던 아저씨는 생각했다.

'저기에 자판기가 있던가? 무슨 소리가 들린 것 같기도
한데······.'

그러나 자판기는 당연하게도 한치의 움직임도 없이 가
만했고, 골목은 벌레 기어가는 소리가 들릴 만큼 조용했
다. 그건 아주 평범한 자판기처럼 보였다. 게다가 아직
설치가 끝나지도 않은 듯, 여느 자판기라면 상품 진열대
가 있어야 할 곳에 밝게 빛나는 물음표 하나만 그려져 있
었다.

'기분 탓이겠지.'

아저씨는 이렇게 생각하며 그대로 발걸음을 옮겨 사라
졌다.

"좋아, 다시 일하자구!"

뿔 도깨비가 커튼 밖을 다시 한번 내다보고 소리쳤다.
자판기 안에서 도깨비들은 다시 분주히 일하기 시작했고,
노래를 불러 댔다. '땡' 하고 풀려난 아이들이 더 열심히
뛰어논다는 말처럼 아까보다 한층 더 활기를 띤 모습이
었다.

그러나 밖에서 보기에 자판기는 천연덕스러울 정도로 조용했다. 사실 도깨비들도 혹시나 하는 마음에 잠깐 멈춘 것뿐이었고, 어른들은 자판기에서 흘러나오는 소리를 듣지 못한다는 걸 안다.

그리고 이건 비밀인데, 누가 오면 숨죽이고 기다리는 건 그냥 얼음 땡 놀이를 하고 싶어서 만든 규칙이다. 도깨비들의 노래는 찬찬히 귀를 기울이는 어린이의 귓가만을 조심스럽게 간질이니까.

다섯 바퀴, 열 바퀴, 열다섯 바퀴, 스무 바퀴. 입안에 전기가 통하는 게 아닐까 싶을 정도로 짜릿하게 맛있는 급식을 먹자 다영은 걱정과 불안이 싹 사라지는 것 같았다.

# 소금 맷돌

'싱거워…….'

다영은 밥을 뜨는 둥 마는 둥 하면서 생각했다. 엄마의 요리는 어쩐지 먹어도 먹는 것 같지가 않았다. 달지도 짜지도 맵지도 않은, 아무 맛도 안 나는 음식들. 10년 넘게 먹어 왔는데도 다영은 엄마가 해 준 밥이 영 입맛에 안 맞았다.

'편의점 음식 먹고 싶다.'

다영은 억지로 입안에 밥알을 밀어 넣으며 생각했다. 편의점 음식을 한번 먹어 본 이후로 다영은 항상 편의점 음식을 그리워했다. 매콤하고 달콤한 전주비빔 삼각김

밥, 짭조름한 고기가 매력적인 간편 도시락, 배 속을 따끈하고 든든하게 채워 주는 컵라면까지……. 다영에게 편의점은 집에서는 맛볼 수 없는 맛난 음식들로 가득한 보물섬이나 마찬가지였다.

"다 먹었으면 그릇 가져와."

엄마는 다영이 밥을 먹는지 안 먹는지 보지도 않고 벌써 설거지를 하는 중이었다. 다영이 반도 넘게 남은 밥그릇과 반찬 그릇들을 가져가자 엄마는 또 뱃고동처럼 잔소리를 울렸다.

"많이 남겼네. 너 자꾸 싱겁다고 안 먹으면 안 돼. 싱겁게 먹어야 키도 쑥쑥 크고 건강해지지."

또 시작이었다. 엄마는 무슨 말만 하면 다영의 키를 걸고 넘어졌다. 자기 어릴 때 학교에 다녔으면 출석번호가 1번이었을 거라느니, 키는 어릴 때부터 꾸준히 크는 거지 갑자기 크는 게 아니라느니, 매번 겁을 줬다. 물론 다영도 키가 크고 싶었다. 다른 아이들을 올려다보는 기분이 썩 좋지는 않았으니까.

하지만 키가 큰 아이들이야말로 편의점 음식을 많이 먹었다.

'사실은 짠 음식이 키가 크는 비결이 아닐까? 엄마가 잘

못 알고 있는 게 아닐까?'

다영은 자주 그렇게 생각했지만 엄마의 생각은 바위섬처럼 단단했다.

다영은 등굣길에 오르자마자 배가 고팠다. 아침을 적게 먹은 탓이었다. 어디 편의점이라도 들러서 뭘 사 먹고 싶었지만 엄마는 다영에게 용돈을 주지 않았다. 군것질은 절대로 하면 안 된다는 게 엄마의 제2번 믿음이었다.

'하루라도 좋으니까 맛있는 걸 내 맘대로 잔뜩 먹어 봤으면…….'

다영은 꼬르륵대는 배를 부여잡고 걸으며 생각했다. 오늘따라 유독 배가 고픈 탓에 매일 다니던 길이 아니라 발걸음이 닿는 대로 걸었고, 정신을 차려 보니 잘 모르는 골목까지 들어와 있었다.

목소리가 들린 것은 그때였다.

"다른 음식을 먹을 수 없으면 집밥을 맛있게 먹으면 되지!"

다영은 깜짝 놀라 고개를 들었다. 주위에는 아무도 없었다. 게다가 여기는 조용한 주택가라서 왁자지껄함과는 거리가 먼 곳이었다.

"여기야, 여기!"

또다시 목소리가 들려왔다. 다영은 목소리가 들리는 방향으로 고개를 돌렸다. 목소리는 빌라와 빌라 사이의 좁은 샛길 안쪽에서 들려오고 있었다. 햇볕이 들지 않아 늘 어둑어둑한 골목이라서 키가 작은 사람은 어둠에 파묻혀 버릴 것만 같았다.

그런 다영의 마음을 읽기라도 했는지 다시 목소리가 들려왔다.

"괜찮아, 이리 와."

번쩍.

갑자기 샛길 안쪽에 환한 불빛이 들어왔다. 기린처럼 목을 쭉 빼고 보니 골목 안쪽에는 자판기가 하나 있었고, 자판기에는 편의점에서 특별 이벤트를 할 때 걸어 놓는 홍보물처럼 물음표 하나가 그려져 있었다.

'저런 곳에 왜 자판기가 있지?'

다영은 사람이 많이 오가지 않는 길목에 설치된 자판기는 본 적이 없었다. 자판기는 언제나 편의점 옆이나 상가 건물 1층 같은 곳에 있었다.

'어쩌면 좀 특별한 자판기일지도 몰라.'

그렇게 생각하자 궁금증이 일었다. 다영은 딱 한 번 으슥한 곳에 있는 오래된 자판기를 본 적 있었는데, 거기에는 다른 자판기에서는 팔지 않는 과자 같은 것도 팔았고 가격도 아주 쌌다. 어쩌면 이 자판기 역시 그런 종류일지도 몰랐다.

다영은 자판기를 구경하려고 샛길로 들어섰다. 한 걸음 한 걸음 걸을 때마다 바닷속으로 들어가는 것처럼 조용한 그늘이 다영을 감쌌다. 하지만 다영은 빛나는 물음표에 정신이 팔려서 그 낌새를 알아차리지 못했다.

어느새 다영은 이상한 자판기 코앞까지 걸어와 있었다. 여느 자판기와 똑같이 생긴 자판기였는데, 이상한 점이 있다면 보통 음료수나 과자가 늘어서 있어야 할 곳에 커다란 물음표 하나만 붙어 있다는 점이었다. 지폐를 넣는 플라스틱 투입구에서 번쩍거리는 빛이 새어 나왔다. 자판기의 정체를 알려 줄 만한 것은 반짝거리는 물음표 위에 붙은 기계의 이름밖에 없었다. 어울리지 않게 나무로 만들어진 사각형 이름표에는 '장난기'라고 적혀 있었다.

이상한 끌림을 따라 자판기까지 오기는 했지만 다영은 이제 뭘 해야 할지 알 수 없었다. 물음표에는 가격조차 쓰여 있지 않았다. 그때 또다시 목소리가 들려왔다.

"어서 와! 이건 재미가 필요한 사람만 찾아낼 수 있는 자판기야. 지금 삶이 재미없는 너! 원하는 소원이 있으면 우리가 꼭 이뤄 줄게!"

마치 텔레비전 속에서 연예인들이 떠드는 것처럼 왁자지껄한 소리가 자판기 안에서 흘러나왔다. 다영은 고개를 갸웃했다.

'소원이라고?'

그 말은 해적이 나오는 만화에서나 들어 본 이야기였다.

망설이는 다영의 모습이 보이기라도 하는지 장난기가 다시 말을 걸었다.

"네 소원은 뭐야? 해결하고 싶은 고민이 있어? 무엇이 널 재미없게 만드니?"

그건 평범한 음료수나 과자를 권하는 말이 아니었다. 다영은 이상하게 자판기가 들썩들썩한다고 느꼈다. 자판기는 뚱뚱해서 잘 먹고 잘 사는 것 같았다.

"밥을 좀 맛있게 먹고 싶어."

쿵떡 쿵쿵떡, 와르르르.

요란한 소리가 났다. 자판기가 위로 쭉 솟았다가 옆으로 뚱뚱해졌다가 했다. 다영은 깜짝 놀라 몇 걸음 뒷걸음질을 쳤다.

"좋아! 그렇다면 딱 맞는 도구가 있지!"

자판기의 물음표가 일렁이더니 게임 속 닻이 바닷속으로 빨려 들어가는 것처럼 물건들이 위아래로 빠르게 흘러갔다. 그리고 곧 어지러울 정도로 빠른 움직임이 멈추고 물음표는 하나의 물건으로 바뀌어 있었다. 작은 맷돌이었다.

다영은 어리둥절했다.

'맷돌? 직접 음식을 만들어 먹으라는 뜻인가?'

다영은 마음속 생각을 입 밖으로 말했다.

"저게 도움이 될까?"

"당연하지! 우린 거짓말은 하지 않아."

장난기의 대답을 들은 다영은 망설였다. 그때 배가 꼬르륵 소리를 냈다.

'그래, 여기서 더 나빠질 게 뭐가 있겠어.'

다영은 그렇게 마음먹고 장난기에게 말을 걸었다.

"얼마야?"

장난기 안에서 소곤거리는 소리가 희미하게 새어 나오는 것 같았다.

'얼마인지 가격이 정해지지 않은 물건인 걸까? 너무 비싸면 어쩌지?'

가격을 생각하자 배가 아픈 것 같았다. 생각해 보니까

다영에게는 돈이 한 푼도 없었다. 곧 장난기에서 다시 목소리가 흘러나왔다.

"원래는 천 원인데, 이건 앞에 왔던 사람이 안 사고 그냥 간 거라서 너한테 공짜로 줄게!"

세상에 이런 행운이! 다영은 장난기의 마음이 바뀔 새라 허겁지겁 장난기의 버튼을 눌렀다. 그러자 아래쪽에서 텅, 하는 소리가 울려 퍼졌다. 다영은 쭈그리고 앉아 장난기에서 나온 물건을 꺼냈다. 감투가 아니라 한지로 포장된 작은 상자였다. 그 안에는 맷돌과 작은 편지 하나가 들어 있었다.

"그 작은 편지는 설명서야! 잘 읽고 사용해야 해! 알겠지?"

"응!"

다영은 상자를 서둘러 가방 안에 쑤셔 넣었다. 서두르지 않으면 학교에 늦을 참이었다.

다영은 걸음아 날 살려라 달려 간신히 지각하지 않고 학교에 도착했다. 하도 달리느라 정신이 없는 탓에 장난기를 만난 게 꿈이 아닐까 싶을 정도였다. 하지만 자리에 앉아 가방 안을 보니 그 안에는 맷돌과 편지가 들어 있었다. 다영은 몸을 숙이고 선생님 몰래 편지를 읽었다.

### 소금 맷돌로 돌돌돌돌 맛있게 만드는 법!

1. 소금 맷돌을 손에 잡고 음식 위에 둔다!
2. 맷돌을 돌린다!
3. 소금이 아래로 떨어져 음식이 맛있게 짭짤해진다!
4. 끝!

아 참, 너무 짜게 먹으면 건강에 안 좋을 수도 있으니 조심해!

진짜 끝!


다영은 오전 내내 맷돌을 만지작거리며 점심시간만 기다렸다. 원래도 배고프면 시간이 느리게 흐르지만 오늘은 더더욱 느렸다. 그래도 점심시간이 결국 오긴 왔다. 다영은 누구보다 빨리 급식실로 내려가 급식을 받았다. 다영의 학교는 급식이 맛없기로 유명해서 아무도 급식실까지 뛰어가지 않기에 쉬운 일이었다.

다영은 소금 맷돌을 꺼내 들고 식판 위에서 돌돌돌돌 돌렸다. 반짝거리는 하얀 가루들이 음식 위에 떨어져 내렸다. 대여섯 바퀴 정도 돌린 다음 다영은 급식을 먹어

보았다.

'맛있다!'

평소에는 아무 맛도 나지 않던 급식에서 눈이 번쩍 뜨이는 맛이 났다. 흐물거리는 시금치무침은 자꾸만 손이 가는 밥도둑이 되었고, 연근조림은 마치 초콜릿 같았다. 급식을 한 숟가락도 남기지 않고 싹싹 비운 다영을 보면서 다른 아이들이 수군거리는 소리가 들렸다.

"쟤, 진짜 배고팠나 봐."

하지만 다영은 하나도 부끄럽지 않았다. 오히려 기분이 좋았다. 앞으로는 맛없는 음식 때문에 배고플 일이 없을 거라고 생각하니 다시 입맛이 돌았다.

그날 저녁 집으로 돌아간 다영은 엄마가 설거지를 시작할 때까지 밥을 먹는 둥 마는 둥 했다. 하지만 엄마가 밥그릇을 들고 일어나자마자 소금 맷돌을 꺼내 신나게 돌렸다. 다섯 바퀴, 여섯 바퀴……, 열 바퀴! 그만큼 돌리고 밥을 먹으니 저녁밥도 환상적이었다. 밥에 김 가루를 뿌린 것처럼 맨밥만 먹어도 맛있었고, 아무 맛도 나지 않아 싱겁던 김치는 새콤달콤 매콤, 콩나물무침은 짭조름하니 자꾸만 손이 갔다. 다영은 어쩌면 처음으로 밥그릇을 싹싹 긁어 먹었다.

"장하다, 우리 딸."

엄마는 밥풀 하나 남지 않은 다영의 밥그릇을 보더니 다영의 머리를 쓰다듬어 주었다. 오랜만에 배가 부른 저녁이어서 다영은 잠도 푹 잤다.

다음날 아침에 일어난 다영은 어쩐지 얼굴이 조금 당기는 걸 느꼈다. 거울을 보니까 얼굴이 부은 것 같았다. 언젠가 인터넷에서 짜게 먹고 자면 다음날 몸이 붓는다는 내용의 글을 본 기억이 났다. 그래서 다영은 이게 일시적인 현상일 거라고 생각했다.

그날도 다영은 열심히 맷돌을 돌렸다. 아침에는 열 번, 점심에는 열두 번, 저녁에는 열다섯 번. 맷돌을 돌리면 돌릴수록 음식이 더 맛있어졌다. 너무 많이 돌리지 말라는 편지의 경고가 생각났다. 하지만 다영은 이렇게 생각했다.

'지금까지 싱겁게 먹으면서 살아왔으니까 이 정도는 괜찮을 거야.'

게다가 맷돌을 돌리는 것만으로도 하루가 행복한데 어떻게 멈출 수 있을까. 다영은 또 곤히 잠들었다.

문제는 다음 날 일어났다. 거울을 보니 다영의 얼굴이 자두처럼 팅팅 부었을 뿐만 아니라 색도 보랏빛을 띠었다. 엄마는 다영의 얼굴을 보더니 깜짝 놀라 평소보다도 더 싱거운 밥과 반찬을 주었다. 다영도 처음에는 그 밥을 먹어 보려고 했지만 목구멍에 가시라도 돋은 것처럼 밥이 넘어가지 않았다.

'조금만 뿌리자……. 조금만.'

다영은 그렇게 마음먹고 소금 맷돌을 집어 들었다. 다섯 바퀴를 돌렸다. 밥이 먹을 만해졌다. 열 바퀴를 돌렸다. 맛있기는 했지만 무언가 조금 모자랐다. 열다섯 바퀴를 돌렸다. 밥이 맛있어졌다. 입안에서 벌어지는 맛의 축제에 마음을 빼앗긴 다영은 아침에 일어났을 때의 충격은 그새 다 잊어버리고 밥그릇을 싹싹 비웠다.

'점심때는 맷돌을 조금만 돌려야지.'

학교 가는 길에 짜릿짜릿 아픈 볼을 문지르며 다영은 결심했다. 하지만 점심시간에 반찬을 씹자마자 그 생각은 순식간에 사라져 버렸다. 맷돌 없이는 한 숟가락도 밥을 먹을 수 없을 것 같았다. 다섯 바퀴, 열 바퀴, 열다섯 바퀴, 스무 바퀴. 입안에 전기가 통하는 게 아닐까 싶을 정도로 짜릿하게 맛있는 급식을 먹자 다영은 걱정과 불안이 싹 사라지는 것 같았다.

문제는 저녁이었다. 퇴근해 집으로 돌아온 엄마는 다

영의 얼굴을 보고 비명을 질렀다. 거울을 보니 다영의 얼굴은 당장에라도 터질 것 같이 팅팅 부어 있었다. 다영은 부어오른 얼굴이 아파서 계속 볼과 이마를 문지르며 울었다. 엄마가 물을 잔뜩 마시게 하기도 하고, 오이를 얇게 썰어 얼굴에 붙여 주기도 했지만 다영의 부기는 가라앉지 않았다.

"나 어떡해? 엄마?"

다영이 울면서 물었다.

"괜찮아. 괜찮을 거야."

엄마가 대답하기는 했지만 다영은 오이를 떼어 내 주는 엄마의 손이 벌벌 떨린다는 걸 알았다.

그날 저녁은 먹지 않았다. 엄마는 다음 날 아침에도 부기가 가라앉지 않으면 병원에 가자고 했다. 다영은 알겠다며 잠자리에 들었지만 새벽에 깨어났다. 저녁을 먹지 않아서 그런지 배에서 우렁찬 꼬르륵 소리가 났다. 잠은 다시 오지 않았다. 다영은 이리저리 몸을 비틀며 잠을 청하다가 결국 일어나 방의 불을 켰다.

얼굴의 부기가 조금 가라앉아 있었다. 오늘처럼 며칠만 더 살면 얼굴이 원래대로 돌아올 것 같았다. 여전히 얼굴이 아프기는 했지만 다영은 마음이 한결 편해졌다.

'맷돌을 돌리지만 않으면 돼. 맷돌만 쓰지 않으면…….'

다영은 살금살금 부엌으로 가서 냉장고를 열었다. 엄마가 미리 만들어 둔 반찬들이 있었다. 다영은 그나마 맛있게 먹은 기억이 있는 오징어젓갈을 꺼냈다. 그러곤 한 젓가락 먹었다.

'정말 맛없다. 이것보다 조금만 더 짭짤했으면…….'

다영은 고민하다가 방에서 맷돌을 가지고 와서 돌렸다. 딱 한 바퀴. 하지만 오징어젓갈의 맛은 거의 똑같았다.

'딱 한 바퀴만 더……, 딱 한 바퀴만 더……, 딱 한 바퀴만 더……, 한 바퀴 정도로는 큰일 나지 않을 거야…….'

그렇게 몇 바퀴를 더 돌렸는지 모르겠다. 정신을 차려 보니 다영은 오징어젓갈을 싹싹 비워 먹은 뒤였다.

다음 날 아침 다영을 깨우기 위해 방문을 연 엄마는 어쩐지 방에서 바다 냄새가 난다고 생각했다. 방 안에 다영은 없었다. 다영이 누워 있어야 할 침대만 흠뻑 젖어 있을 뿐이었다. 마치 누군가 물벼락이라도 날린 것 같았다.

혜지가 발을 구르며 주먹을 내지르자 땅이 트램펄린이라도 된 것처럼 엉덩이가 붕붕 떠올랐고, 시경이 날개를 휘적이자 태풍 같은 바람이 불었다.

동우는 젖 먹던 힘까지 쥐어짜 깜짝 피리를 불었다.

# 깜짝 피리

학교는 교실이 전부 같겠지만 사실은 그렇지 않다. 오히려 복도야말로 학교에서 가장 중요하다. 적어도 동우는 그렇게 생각했다. 동우는 실내화 주머니를 보관해 두는 나무 선반에 걸터앉아 복도에서 벌어지는 일들을 구경했다. 수업이 끝나서 그런지 학교 전체가 들떠 있었다. 복도에서 남자아이들이 실내화를 뻥뻥 차며 축구를 했다. 화장실이 급해 다른 아이들 틈을 비집고 달리는 아이도 있었다. 여자아이들은 서로의 팔짱을 끼고 걸었다. 종종 싸움이 벌어지기도 했다. 싸움이 벌어지면 곧 다른 아이들이 그걸 구경하려고 몰려들었다.

동우는 그렇지 않았다. 동우는 싸움이 불편했다. 그래서 고개를 쭉 빼고 창 너머로 교실 안을 바라보았다. 4반은 선생님이 좀 깐깐해서 늘 늦게 끝났다. 오늘도 구렁이처럼 생긴 선생님이 아이들에게 이런저런 잔소리를 진지하게 늘어놓고 있었다. 동우는 눈으로 혜지를 찾았다. 짧은 머리에 하얗고 동그란 얼굴. 혜지가 보이자 동우의 얼굴에 웃음꽃이 피었다. 동우는 선생님에게 들키지 않게 조심조심, 혜지를 향해 손을 흔들었다. 동우를 본 혜지는 입 모양으로만 말했다.

"조금만 기다려."

그러곤 밝은 미소를 지었다.

동우와 혜지는 사귀는 사이였다. 둘은 방과 후에 하는 음악 특별 활동에서 만나 빛의 속도로 친해졌다. 어쩌면 피아노 연탄곡을 함께 연주했기 때문인지도 몰랐다. 나란히 앉아 피아노를 치다 보면 자연스럽게 어깨와 손이 맞닿았다. 동우의 손을 먼저 잡아 준 것은 혜지였다.

혜지와 함께하는 일은 동우의 가장 큰 즐거움이었다. 혜지와는 뭘 해도 좋았다. 책에는 별 관심이 없지만 서점에 가는 것도, 먹어 본 적 없는 이상한 음식을 먹는 것도, 찻집에 다소곳이 앉아 수다를 떠는 것도 혜지와 함께라면 모두 반짝반짝 빛났다.

유일하게 아쉬운 점은 혜지와 반이 다르다는 것. 혜지와 만날 수 있는 건 쉬는 시간과 방과 후밖에 없었다. 더 오래 같이 놀고 싶어도 그것만큼은 어쩔 수 없었다.

"세상엔 어쩔 수 없는 일도 있어."

책을 많이 읽어서 그런지 어른스러운 혜지는 동우의 손을 꼭 잡아 주며 그렇게 말한 적이 있었다.

복도에서 싸우던 아이 둘은 서로 "바보야, 멍청아." 하는 말을 주고받고 헤어졌다. 그게 신호라도 되는 것처럼 4반의 종례도 끝났다. 동우는 다른 아이들에게 방해가 되지 않도록 나무 선반에서 떨어져 맞은편으로 갔다. 아이들이 앞문과 뒷문 양쪽에서 와글와글 밀려나오는 탓에 혜지를 찾기 쉽지 않았다.

"기다렸지?"

동우의 눈이 여전히 교실 문에 머물고 있는데 혜지가 갑자기 옆에서 나타났다. 혜지는 언제나 참새처럼 재빨랐고, 종달새처럼 예뻤다.

"아니야. 오늘은 뭐 하고 놀까?"

동우가 복도에서 기다린 시간은 거의 20분이나 되었지만 그 시간이 하나도 아깝지 않았다. 혜지는 고개를 갸웃

거리면서 잠깐 고민하는 듯했다. 그러더니 좋은 생각이 떠오른 듯 말했다.

"찻집 가자."

"그 그네 달린 곳?"

"응."

그네 달린 찻집은 혜지가 가장 좋아하는 곳이었다. 아이스크림 집이나 와플 가게, 카페를 좋아하는 다른 아이들과 달리 혜지는 유독 찻집을 좋아했다. 찻집이 더 조용하고 인테리어도 예쁘다고 했다. 처음엔 잘 몰랐지만 혜지를 따라 계속 가다 보니까 동우도 그렇게 생각하게 되었다.

동우와 혜지는 찻집에 도착했다. 향긋하고 따뜻한 냄새가 그들을 반겼다. 둘은 늘 앉던 그네 자리에 앉았다. 몸이 앞뒤로 살랑살랑 흔들리는 게 재미있는 자리였다. 힘차게 발을 구를 수는 없게 되어 있었지만 그래도 딱딱한 의자에 앉아 있어야만 하는 여느 카페보다 훨씬 낫다고 동우는 생각했다.

곧 차와 다과가 나왔다. 다과로는 이런저런 견과류가 들어간 달콤한 양갱이 네모난 조각들로 잘려 나왔다. 혜지는 '동우차'라는 걸 시켰고, 동우는 새콤달콤해서 맛있는 '히비스커스차'를 시켰다. 동우는 혜지가 마시는 차를 몇 번 마셔 본 적이 있었는데, 동우에게는 너무 쓰거나 떫어서 입맛에 맞지 않았다. 동우는 그런 어른스러운 점마저 혜지의 멋짐이라고 여겼다.

차를 한 모금 마시고 혜지가 입을 열었다.

"너희 반에는 이상한 일 없었어?"

또 시작이었다. 책을 좋아하는 점이나 찻집을 좋아한다는 점도 특별했지만 혜지의 가장 특별한 점은 동우의 반에 관심이 많다는 거였다.

혜지는 반에 이상한 아이는 없는지 특별한 사건이 일어나지 않았는지 매일 물었다. 별일 없었다고 실망하거나 싫은 소리를 하지는 않았지만 동우는 그 때문에 늘 반에 특별한 일이 없는지 눈을 부릅뜨고 관찰하는 일상을 보냈다.

다행히 오늘은 별일이 있었다. 동우는 신이 나서 이야기했다. 동우는 혜지가 이야기를 들을 때 눈이 별처럼 반짝반짝 빛나는 게 좋았다.

"반에 시경이라는 애가 있는데 걔가 오늘 좀 이상했어."

"그래? 뭐가 이상했는데?"

"수업 시간에 갑자기 입을 크게 벌리고 소리를 냈는데 아무 소리도 들리지 않았어. 하품하는 건 아니었어. 인상을 찌푸리지도 않았고 입을 다 벌리지도 않았어."

"확실히 이상하네. 원래 그런 애였어?"

동우는 턱을 긁적였다. 뭔가 고민할 때면 나오는 동우의 버릇이었다.

"평소에는 그냥 조용한 애였던 것 같아. 별로 눈에 띄는 아이는 아니었어."

"정말 이상하네. 이건 미스터리야."

혜지가 눈을 빛내며 말했다. 혜지의 목소리가 높아졌다. 혜지는 다양한 책을 가리지 않고 좋아했지만 가장 좋아하는 이야기는 미스터리와 괴담이었다.

"재미있는 거 하나 해 보지 않을래?"

혜지가 물었다. 이럴 때의 혜지를 말릴 수 없다는 걸 동우는 잘 알았다.

"뭔데?"

"내일 그 아이를 따라가 보는 거야. 탐정처럼 미행을 해 보는 거지."

"음……, 재미있을 것 같긴 한데, 뭘 알아내려고?"

"글쎄? 하지만 궁금하지 않아? 시경이라는 그 아이 평범한 집이 아니라 남들이 모르는 특이한 곳에 살 수도 있잖아. 박쥐처럼 동굴에 산다거나 돌고래처럼 바닷속에 살 수도 있지."

혜지는 마치 별자리를 헤아리는 것처럼 위를 보면서 말했다. 아무래도 학교에서 배운 내용을 떠올리는 것 같았다. 사람에게는 들리지 않는다는 초음파를 쓰는 동물들의 목록을 이야기하는 것을 보면 말이다. 그리고 이럴 때 역시 혜지를 말릴 수 없다는 것을 동우는 잘 알았다.

"좋아. 내일은 미행하고 놀자."

동우가 대답했다. 둘은 새끼손가락을 걸고 약속한 다음 손바닥을 맞대고 복사까지 했다. 반드시 약속을 지키자는 의미였다.

하지만 막상 다음 날이 되자 시경을 미행하는 건 동우 혼자만의 몫이 되었다. 혜지가 감기에 걸리는 바람에 학교에 나오지 못한 것이다. 동우는 혜지가 보낸 문자 메시지를 봤다. 거기에는 이렇게 적혀 있었다.

"혼자라도 꼭 미행하고 내일 알려 줘!"

아무래도 혜지의 궁금증은 아프지도 않는 모양이었다.

학교가 끝나고 동우는 평소처럼 4반 앞으로 가지 않고 슬그머니 시경의 뒤를 따랐다. 딱 열 걸음 뒤에서 천천히. 다른 사람이나 이런저런 건물과 자동차 뒤에 몸을 숨기면서.

시경의 집은 동우와 완전히 다른 방향이었다. 참 신기했다. 시경은 다른 애들과 다름없이 휴대 전화만 보면서 걷고 있었는데, 수상하다고 생각하고 보니 시경의 몸짓과 걸음걸이 하나하나가 다 수상해 보였다. 시경과 같은 쪽에 사는 애들이 하나도 없는 것도 수상했다.

동우는 마치 탐정처럼 그런 수상한 점들을 하나하나 수첩에 기록하면서 시경의 뒤를 따랐다.

시경은 사람이 많은 상점가를 지나 주택들이 있는 거리로 들어섰다. 동우는 벽 뒤에 숨어서 속으로 열을 세고 모퉁이를 돌았다. 그런데 아뿔싸! 시경은 눈 깜짝할 사이에 사라져 버렸다. 동우는 놀라서 거리로 달려 들어갔다. 하지만 어디를 둘러봐도 시경은 코빼기도 보이지 않았다.

큰일이었다.

'이러면 혜지에게는 뭐라고 말하지? 잔뜩 기대하는 것 같았는데……'

동우는 혜지를 실망시키고 싶지 않은 마음에 이리 뛰고 저리 뛰며 시경을 찾아 헤맸다. 느낌을 따라 이 골목에서 저 골목으로 저 골목에서 이 골목으로. 동우가 장난기의 목소리를 듣게 된 것은 그러던 와중이었다.

"뭘 찾고 있니?"

동우는 깜짝 놀라 고개를 들었다. 주위에는 아무도 없었다. 동우는 어느새 상점가를 지나 사람 사는 건물만 있는 주거 단지에 와 있었다. 왁자지껄함과는 거리가 먼 곳이었다.

"여기야, 여기!"

다시 목소리가 들려왔다. 동우는 목소리가 들리는 방향으로 고개를 돌렸다. 목소리는 빌라와 빌라 사이의 좁은 샛길 안쪽에서 들려오고 있었다. 동우는 침을 꿀꺽 삼켰다. 햇볕이 들지 않아 늘 어둑어둑한 골목이라서 자기도 모르게 피하던 길목이었다.

그런 동우의 마음을 읽기라도 했는지 다시 목소리가 들려왔다.

"괜찮아. 이리 와."

번쩍.

갑자기 샛길 안쪽에 환한 불빛이 들어왔다. 그네처럼 목을 쭉 빼고 보니 골목 안쪽에는 자판기가 하나 있었고, 자판기에 빛나는 물음표 하나가 그려져 있었다.

'왜 저런 곳에 자판기가 있지?'

자판기는 사람들이 많이 다니는 곳에 있기 마련이었다. 하지만 저 골목은 어둡고, 사람도 많이 다니지 않을 뿐만 아니라 막힌 길이었다.

'그래, 어쩌면 이것도 미스터리의 일부인지 몰라.'

동우는 물음표 그림을 보면서 그런 생각을 했다.

동우는 자판기를 살펴보려고 샛길로 들어섰다. 한 걸음 한 걸음 걸을 때마다 탐정 소설 속 세상으로 빨려 들어가기라도 하는 것처럼 조용한 그늘이 동우를 감쌌다. 하지만 동우는 영롱하게 빛나는 물음표에 정신이 팔려서 그 낌새를 알아차리지 못했다.

어느새 동우는 이상한 자판기 코앞에 서 있었다. 여느 자판기와 똑같이 생긴 자판기였는데, 이상한 점이 있다면 보통 음료수나 과자가 늘어서 있어야 할 곳에 커다란 물음표 하나만 붙어 있다는 점이었다. 지폐를 넣는 플라스틱 투입구에서 반짝반짝 빛이 새어 나왔다. 자판기의 정체를 알려 줄 만한 것은 물음표 위에 붙은 기계의 이름밖에 없었다. 어울리지 않게 나무로 만들어진 사각형 이름표에는 '장난기'라고 적혀 있었다.

막상 이상한 끌림을 따라 자판기까지 오기는 했지만 동우는 이제 뭘 해야 할지 알 수 없었다. 물음표에는 가격조차 쓰여 있지 않았다. 그때 또다시 목소리가 들려왔다.

"어서 와! 이건 재미가 필요한 사람만 찾아낼 수 있는 자판기야. 지금 실망한 너! 소원이 있으면 우리가 꼭 이뤄 줄게!"

마치 텔레비전 속에서 연예인들이 떠드는 것처럼 왁자지껄한 소리가 자판기 안에서 흘러나왔다. 동우는 여전히 자판기의 이름 말고는 아무것도 이해가 되지 않았다.

'소원이라고?'

그 말은 동화 속에서나 보던 다른 세계의 말이었다.

망설이는 동우의 모습이 보이기라도 하는지 장난기가 다시 말을 걸었다.

"네 소원은 뭐야? 해결하고 싶은 고민이 있어? 무엇이 널 재미없게 만드니?"

그건 평범한 음료수나 과자를 권하는 말이 아니었다. 동우는 이상하게 자판기가 들썩들썩거린다고 느꼈다. 하지만 동우가 원하는 건 확실했다. 동우의 입술이 어디 홀리기라도 한 듯 멋대로 움직였다.

"누구든 찾아낼 수 있었으면 좋겠어."

쿵떡 쿵쿵떡, 와르르르.

요란한 소리가 났다. 자판기가 위로 쭉 솟았다가 옆으

로 뚱뚱해졌다가 하는 것 같았다. 동우는 깜짝 놀라 몇 걸음 뒷걸음질을 쳤다.

"좋아! 그렇다면 딱 맞는 도구가 있지!"

자판기의 물음표가 일렁이더니 게임 속에서 아이템을 뽑을 때처럼 다양한 물건들이 위아래로 빠르게 흘러갔다. 그러더니 곧 어지러울 정도로 빠른 움직임이 멈추고 물음표는 하나의 물건으로 바뀌어 있었다. 작고 가느다란 막대기처럼 생긴 물건이었다. 자세히 보니 그건 피리였다. 단소를 아주 가늘고 아주 작게 줄여 놓은 것 같았다.

동우는 어리둥절했다. 피리를 불면 자기 위치를 알릴 수는 있겠지만 누군가를 찾을 수는 없을 텐데.

"저게 도움이 될까?"

"당연하지! 우린 거짓말은 하지 않아."

동우는 망설였다. 하지만 시경을 놓친 마당에 지푸라기라도 잡아 보지 않을 이유가 없었다. 동우는 그렇게 마음먹고 장난기에게 말을 걸었다.

"얼마야?"

장난기 안에서 소곤거리는 소리가 희미하게 새어 나오는 것 같았다.

'얼마인지 가격이 정해지지 않은 물건인 걸까? 너무 비

싸면 어쩌지?'

동우의 마음속에서 자기도 몰래 불안감이 스멀스멀 피어올랐다. 곧 장난기에서 다시 목소리가 흘러나왔다.

"딱 천 원만 내!"

천 원이라고? 그건 음료수보다도 싼 가격이었다. 동우는 장난기의 마음이 바뀔 새라 허겁지겁 가방에서 지갑을 꺼냈다. 다행히 지갑 안에는 딱 천 원이 남아 있었다.

그 천 원을 지폐 투입구에 꽂으니 곧 천 원이 안으로 빨려 들어갔다. 곧이어 아래쪽에서 텅, 하는 소리가 울려 퍼졌다. 동우는 쭈그리고 앉아 장난기에서 나온 물건을 꺼냈다. 한지로 포장된 작은 상자였다. 그 안에는 작은 피리와 함께 편지 하나가 들어 있었다.

"그 편지는 설명서야! 잘 읽고 사용해야 해! 알겠지?"

"응!"

동우는 그 자리에서 바로 편지를 펼쳐 들었다.

### 깜짝 피리로 피리리피리리하는 법

1. 깜짝 피리를 분다!
2. 찾는 사람이 나타난다!
3. 끝!

'찾는 사람이 나타난다고? 그럼 미행이 아니지 않나?'

동우는 그렇게 생각하면서도 미행에 완전히 실패하는 것보다는 시경과 마주치는 게 낫겠다는 결론을 내렸다. 동우는 피리를 불어 봤다. 아무 소리도 나지 않았다. 부는 방법이 잘못되었나 싶어 걸으면서 계속 불었다. 하지만 여전히 피리에서는 바람 새는 소리만 났다.

'뭐야. 역시 속은 건가?'

동우가 그렇게 생각하고 피리를 버리려는 순간 갑자기 누군가 어깨를 툭툭 두드렸다. 깜짝 놀라 뒤돌아보니 시경이 서 있었다. 달려오기라도 했는지 얼굴이 벌겠다.

"왜 날 찾아다니는 거야?"

시경이 얼굴을 찌푸리며 말했다. 동우는 대답할 말을 찾았다. 차마 미행했다고 할 수는 없었다. 동우는 애써 미소를 지으며 대답했다.

"너랑 친해지고 싶어서."

시경은 여전히 찌푸린 얼굴로 동우를 바라보며 생각했다.

'변명이 통하지 않은 걸까?'

동우의 손이 땀으로 축축해졌다.

"그래? 그럼 우리 집에 놀러 올래?"

다행히 시경은 곧 표정을 풀고 그렇게 말했고, 동우는 뱉은 말이 있어 시경을 따라갔다. 그런데 놀라운 일은 그 다음에 일어났다. 시경의 집은 혜지의 예상과는 달리 평범한 아파트였으나 그 안은 동굴 같았다. 창마다 커튼이 드리워졌고, 벽마다 두꺼운 스티로폼 같은 것이 붙어 있었다. 시경이 불을 켰는데도 여전히 집 안은 어두침침했다.

동우는 시경과 마주 보고 앉아 시경이 꺼내 온 간식을 먹었다. 견과류인지 과자인지 흐릿해서 잘 보이지 않았다. 단단하고 고소했다. 시경이 입을 열었다.

"사실 난 네가 왜 나를 따라왔는지 알아."

동우는 깜짝 놀라 간식을 뱉을 뻔했다. 시경이 계속 말했다.

"네가 혜지랑 사귀는 거 알아. 혜지가 시킨 일이지?"

동우는 시경의 집이 어두워서 다행이라고 생각했다. 표정을 들키지 않을 테니까. 잠깐 고민하다가 동우가 말했다.

"맞아. 어떻게 알았어?"

시경이 얼굴을 바짝 들이댔다.

"네가 알아야 할 게 있어."

"뭔데?"

"혜지는 사실 천 년을 산 로봇이야. 사람을 잡아먹어서 연료로 쓰지. 내가 그 사실을 안다는 걸 눈치챈 다음부터 나를 잡아먹으려고 벼르고 있었어. 그런데 이제 네가 우리 집이 어딘지 말해 줄 테니, 비밀을 지키기 위해 너도 잡아먹을 거야. 우리 둘 다 로봇의 몸속에서 불타 죽는 거지."

시경이 진지한 목소리로 하도 실감 나게 말하는 바람에 동우는 두려움에 휩싸였다. 그런 비밀은 시경이 왜 집을 이렇게 어둡게 해 놓고 숨어 사는지 설명해 주는 것만 같았다. 동우가 떨리는 목소리로 물었다.

"그……, 그럼 나는 어떻게 해야 해?"

"다행히 방법은 있어. 로봇이 움직이기 위해서는 충전이 필요해. 충전하고 있을 때 충전 선을 뽑아 버리면 배터리가 부족해서 멈출 거야. 네가 할 일은 방과 후에 나 말고 혜지를 미행하는 거야. 학교에서는 충전을 할 수 없으니까 혜지는 방과 후에 바로 충전을 해야 할 거야. 그때 충전 선을 뽑아야 해. 그게 하나뿐인 방법이야."

동우는 주머니 안에 넣어 둔 깜짝 피리를 꼭 쥐고 고개를 끄덕였다.

다음 날 동우는 평소처럼 방과 후에 혜지와 놀았다. 혜지는 시경을 미행한 일이 어떻게 됐는지 물었다. 동우는 사실을 말하지 않고 시경을 미행하다가 놓쳤다고 했다. 동우는 혹시 혜지가 크게 화를 내지는 않을까 무서웠지만 다행히 혜지는 그러지 않았다. 대신 이렇게 말했다.

"괜찮아. 다음에 또 미행하면 되지."

동우의 목덜미에 소름이 쫙 돋았다. 혜지가 시경을 미행하는 일을 계속하자고 말하는 건, 시경이 전날 예상했던 것과 꼭 맞아떨어졌다.

원래 동우와 혜지는 헤어질 때는 따로따로 집에 갔다. 하지만 그날 동우는 꼭 혜지를 데려다주고 싶다고 우겨 함께 혜지의 집 쪽으로 갔다. 동우는 혜지와 한 아파트 앞에서 헤어졌다. 동우는 집으로 돌아가는 척하다가 혜지가 뒤돌아선 틈에 미행을 시작했다.

혜지는 아파트 안으로 들어가지 않고 아파트 뒤의 작은 공터로 갔다. 그러곤 낙엽 무더기를 뒤져 그 아래서 굵고도 긴 전깃줄을 꺼냈다. 시경의 말이 맞았다! 혜지는 책상다리를 하고 앉아 그 충전 선을 등에 꽂았다. 곧 혜지는 잠이 든 것처럼 꾸벅꾸벅 졸기 시작했다.

기회였다. 혜지는 정말로 방전된 것 같았고, 지금이라

면 충전 선을 뽑아 버릴 수 있을 것이었다. 동우는 살금 살금 혜지에게 다가갔다. 발을 내디딜 때마다 바삭거리는 소리가 났지만 혜지는 고개를 들지 않았다. 어느새 동우는 혜지의 등에 손이 닿을 만큼 가까이 다가갔다. 이제 충전 선을 뽑기만 하면……. 동우는 손을 뻗다가 멈췄다.

'하지만 혜지는 내 여자친구인데. 이야기라도 한번 들어 봐야 하지 않을까? 날 이용해서 시경을 찾으려고만 했던 거라면 여태 우리가 같이 놀았던 시간도 다 거짓말인 거잖아. 그건 싫어.'

동우는 충전 선을 뽑지 않고 부드러이 혜지의 어깨를 두드렸다. 혜지는 몰래 컴퓨터 게임을 하다가 엄마의 호통을 들은 아이처럼 화들짝 놀라 깨어났다. 그러나 어리둥절함도 잠시, 혜지는 동우와 눈이 마주친 순간 무슨 일이 있었는지 모두 깨달은 것 같았다. 역시 어른스럽고 미스터리를 좋아하는 여자친구다웠다.

혜지와 동우는 아파트 뒤편의 낙엽 더미 위에 나란히 앉았다.

"정말로 날 연료로 쓸 작정이었어?"

동우가 떨리는 목소리로 물었다. 깜짝 피리를 쥔 손이 벌벌 떨렸다. 혹시 혜지가 자기를 공격하면 시경이라도 불러 볼 생각이었다. 하지만 다행히도 혜지는 고개를 저었다.

"아니야. 사실을 말해 줄게."

동우는 고개를 끄덕였다.

"사실 시경도 사람이 아니야. 걔는 사람으로 둔갑한 박쥐 괴물이지. 우리는 천 년 동안 서로 싸워 왔어. 걔는 그냥 널 이용해서 날 무찌를 궁리를 한 것뿐이야."

혜지가 동우의 눈을 똑바로 쳐다보았다. 거짓말을 하는 것 같지는 않았다. 그리고 혜지의 말에도 설득력이 있었다. 동우조차 시경의 집을 처음 봤을 때 꼭 동굴 같다고 생각하지 않았던가.

"이제 다음 결투의 시간이 다가오고 있어. 누가 이 동네의 수호신이 될지를 걸고 말이지. 하지만 천 년 동안 결판이 나지 않은 싸움인 만큼 아마 이번에도 둘이서 싸운다면 결판이 나지 않을 거야."

혜지는 그렇게 말하고는 동우의 손을 꼭 잡았다. 로봇의 손이라고는 믿기지 않을 정도로 따뜻한 손이었다. 여태까지 그랬던 것처럼.

"도와주지 않을래? 내일 뒷산에서 싸우게 될 텐데, 그때 몰래 근처에 있다가 시경을 한 번만 깜짝 놀라게 해 주면 돼."

동우는 꼭 그러겠다고 약속했다. 손가락을 걸고 도장까지 찍었다. 헤어지기 전 혜지가 말했다.

"고마워. 도와주겠다고 해서. 그리고 날 믿어 줘서."

다음 날 동우는 혜지가 말한 대로 뒷산에 미리 숨어 있었다. 해가 뉘엿뉘엿하면서 노을이 지기 시작하자 혜지가 말한 대로 정말 시경과 혜지가 나타났다.

"용케도 아직 살아 있네."

시경이 말했다.

"너야말로."

혜지가 말했다.

그리고 그게 싸움의 신호탄이라도 되는 양 둘의 모습이 변했다. 시경은 거대한 박쥐 괴물이 되었고, 혜지도 못지 않게 커다란 변신 로봇이 되었다. 싸움이 시작되었다. 혜지가 발을 구르며 주먹을 내지르자 땅이 트램펄린이라도 된 것처럼 엉덩이가 붕붕 떠올랐고, 시경이 날개를 휘적이자 태풍 같은 바람이 불었다.

동우는 너무 무서워서 몸을 한 치도 움직일 수가 없었다. 혜지는 공격을 할 때마다 동우에게 눈짓을 했다. 동우는 용기를 내서 소리를 질러 봤지만 목소리는 땅을 울

리는 진동과 태풍 같은 바람에 비하면 너무 작은지 아무
런 효과도 없었다.

5분 정도 지났을까, 동우의 눈에도 싸움의 기세가 보였
다. 약간이지만 혜지가 밀리고 있었다. 어쩌면 동우를 보
호하기 위해 동우가 있는 쪽으로는 주먹을 내지르지 않아
서 그런지도 몰랐다. 동우는 벌벌 떨면서 생각했다.

'어떻게 해야 시경을 방해할 수 있을까? 목소리로는 어
림도 없었는데······.'

그때, 무심코 주머니에 넣은 손에 딱딱한 물건이 잡혔
다. 깜짝 피리였다.

동우는 젖 먹던 힘까지 쥐어짜 깜짝 피리를 불었다. 동
우에게는 아무 소리도 들리지 않았지만 시경에게는 분명
히 들릴 소리였다. 실제로 시경은 동우가 있는 방향으로
고개를 홱 돌렸다. 시경은 거대했지만 동우는 그 두 눈이
자기를 보았다는 걸 분명히 알았다. 시경이 날개를 치켜
들었다. 동우는 눈을 질끈 감았다. 하지만 바람은 불어오
지 않았다. 실눈을 떠 보니 혜지의 주먹이 시경의 얼굴에
박혀 있었고, 시경은 더 이상 움직이지 않았다.

싸움이 끝났다. 혜지는 평소와 같은 사람 모습으로 돌
아와 동우에게 다가왔다. 동우는 울먹이면서 혜지를 꽉

껴안았다. 혜지 역시 동우를 꽉 껴안아 주었지만 잠시 후에 부드러이 동우를 밀어냈다.

"도와줘서 고마워. 그리고 미안해. 이제 나는 수호신의 임무를 다하기 위해 떠나야 해."

동우는 말리고 싶었으나 차마 입이 떨어지지 않았다. 이미 혜지가 얼마나 거대한 삶을 살고 있었는지 깨달아 버린 탓이었다. 울먹이며 아무 말도 못하는 동우에게 혜지가 말했다.

"지금까지 즐거웠어. 우리가 어제 앉았던 낙엽 더미 기억하지? 거기에 이별 선물을 뒀으니까 꼭 확인해 줘."

그리고 동우가 붙잡기도 전에 혜지는 사라져 버렸다.

노을이 뉘엿뉘엿 지고 있었다. 동우는 힘이 거의 남아 있지 않은 다리를 이끌고 혜지의 아파트 뒤편으로 갔다. 낙엽 더미를 파헤치자 거기에는 동우와 함께 찍은 스티커 사진, 그리고 《최고의 탐정 왕》이라는 책이 놓여 있었다.

혜지는 다음 날부터 학교에 나오지 않았다. 동우는 《최고의 탐정 왕》 책을 열심히 읽었다. 많은 퀴즈가 들어 있는 게임북이었다. 동우는 게임을 달달 외울 정도로 많이 풀었고, 학교에서 퀴즈 왕으로 이름을 날리며 인기인이 되었다. 훗날 새 여자친구를 사귀고 그 여자친구와 방탈

출 게임방에 놀러 가서 즐거운 활약을 하면서도 동우는 종종 혜지를 떠올리며 희미한 미소를 짓곤 했다.

다혜는 화수분 상자에 손을 넣었다. 그런데 이번에는 손을 더듬어도 아무것도 집히지 않았다. 다혜는 화수분 상자에서, 가방에서, 팔을 뺐다.

"으악!"

# 화수분 상자

어른들은 잘 모른다. 아이들 물건은 다 거기서 거기라고 생각하는 것이다. 하지만 사실은 어른들이 명품을 따지는 것만큼이나 아이들도 준비물을 따진다. 아무리 학교에서 미술 시간 준비물을 모두 나눠 준다고는 해도 문구점에서 사 온 예쁜 준비물에는 비할 바가 못 된다. 그냥 클립이 아니라 부드러운 파란색 리본이 달린 클립, 그냥 가위가 아니라 물결무늬로 잘리는 가위, 형광색으로 나오는 딱풀……, 다혜는 다른 아이들의 자리를 힐끔거리다가 몰래 한숨을 내쉬었다.

'엄마 아빠는 아무것도 몰라.'

부모님은 다혜가 아무리 설명해도 준비물을 사 주지 않았다.

"어차피 학교에서 다 주는데 뭐 하러 사니? 낭비야 낭비!"

엄마는 다혜에게 그렇게 핀잔을 주곤 했다. 아빠에게 도움의 눈길을 청해 봐도 아빠 역시 엄마 편이었다. 다혜는 억울함에 소리쳤다.

"다르단 말이야. 나도 예쁜 준비물 쓰고 싶어!"

그래 봤자 그놈의 '낭비'라는 말은 천하무적이었다. 다른 애들은 다 받는 용돈조차 받지 않는 다혜는 훔치지 않는 이상 스스로 준비물을 살 수도 없었다.

'그놈의 낭비, 낭비! 낭비 좀 하면 어때? 엄마 아빠는 내가 슬퍼도 아무 상관 없다는 거야?'

다른 아이들과 같은 색, 같은 높이의 책상에 앉아 다혜는 생각했다. 오늘 미술 시간에는 '깜짝 상자'를 만들었다. 예쁜 리본이나 작은 인형, 반짝거리는 스티커로 장식된 다른 아이들의 깜짝 상자를 구경하며 다혜는 자기 깜짝 상자를 두 팔로 감싸안았다. 자기가 다른 아이들의 상자를 구경하는 것처럼 다른 아이들도 자기 상자를 훔쳐보고 있을까 봐 부끄러웠다.

손재주가 좋은 다혜는 다른 아이들보다 10분 정도 일찍 깜짝 상자를 완성했다. 하지만 그걸 자랑하기는커녕 깜짝 상자를 감추고만 있어야 했다. 뒤늦게 상자를 완성한 다른 아이들이 서로의 상자를 자랑하며 여기저기 돌아다니는 동안 다혜는 지루한 척 책상 위에 엎드려 있었다. 눈가가 화끈거렸다.

방과 후 다혜는 집으로 가면서 혼자 깜짝 상자를 가지고 놀았다. 리본이나 스티커 없이 색종이로 누덕누덕 꾸민 다혜의 깜짝 상자는 잘 작동했지만 누추해 보였다. 깜짝 상자라는 이름도 무색하게 깜짝 상자는 다혜를 한 번도 깜짝 놀라게 하지 못했다. 상자 뚜껑을 열면 얼굴을 그린 하얀 탁구공이 '뿅' 하고 튀어나온다. 다만 그게 끝이었다. '짜잔' 튀어나오는 느낌이라든지 '빰' 하고 놀라는 느낌은 전혀 없었다.

어쩌면 다혜가 평소에 집에 가는 길이 아니라 다른 길로 들어선 것은 깜짝 상자에서 찾지 못한 '깜짝'을 찾기 위해서인지도 몰랐다. 그래서 낯선 거리가 보였을 때, 다혜는 당황하지 않았다.

'처음 보는 것투성이네. 하지만 여기에도 내가 살 수 있는 건 하나도 없겠지.'

다혜는 한숨을 쉬었다. 시장 바닥 같은 왁자지껄한 목소리가 들려온 것은 그때였다.

"사지 않아도 가질 수 있다면 어때?"

다혜는 깜짝 놀라 주변을 둘러보았다. 아무도 없었다. 이미 학교와 집 사이에 있는 상점가를 지나서 사람 사는 건물만 있는 주거 단지에 와 있었다. 왁자지껄함과는 거리가 먼 곳이었다.

"여기야, 여기!"

다시 목소리가 들려왔다. 다혜는 목소리가 들리는 방향으로 고개를 돌렸다. 목소리는 빌라와 빌라 사이의 좁은 샛길 안쪽에서 들려오고 있었다. 햇볕이 들지 않아 어둑어둑한 골목이었다. 화려함이나 낭비와는 거리가 멀어 보였다.

그런 다혜의 마음을 읽기라도 했는지 또다시 목소리가 들려왔다.

"괜찮아. 이리 와."

번쩍.

갑자기 샛길 안쪽에 환한 불빛이 들어왔다. 스프링에 매달린 '깜짝 탁구공'처럼 목을 쭉 빼고 보니 골목 안쪽에는 자판기가 하나 있었고, 자판기에는 화려하게 빛나는 물음표가 그려져 있었다.

'자판기인가? 아니면 버려진 오락실 기계?'

다혜는 살면서 이런 특이한 자판기는 본 적이 없었다. 궁금증이 일었다. 자판기는 다혜가 누릴 수 있는 유일한 낭비였다. 자판기 아래를 훑으면 가끔 오백 원이나 천 원 정도가 발견되곤 했다. 그 돈을 모아 음료수를 사 먹으면 그렇게 달콤할 수가 없었다. 낭비의 달콤함이었다.

다혜는 자판기를 구경하려고 샛길로 들어섰다. 한 걸음 한 걸음 걸을 때마다 자판기 아래로 기어 들어가기라도 하는 것처럼 조용한 그늘이 다혜를 감쌌다. 하지만 다혜는 막 만든 동전처럼 반짝반짝 빛나는 물음표에 정신이 팔려서 그 낌새를 알아차리지 못했다.

어느새 다혜는 이상한 자판기 코앞까지 걸어와 있었다. 여느 자판기와 똑같이 생겼는데, 이상한 점이 있다면 보통 같으면 음료수나 과자가 늘어서 있어야 할 곳에 커다란 물음표 하나만 붙어 있다는 점이었다. 지폐를 넣는 플라스틱 투입구에서 번쩍거리는 빛이 새어 나왔다. 자판기의 정체를 알려 줄 만한 것은 반짝거리는 물음표 위에 붙은 이름밖에 없었다. 어울리지 않게 나무로 만들어진 사각형 이름표에는 '장난기'라고 적혀 있었다.

다혜는 가방에서 기다란 플라스틱 자를 꺼내 '장난기' 아래를 훑어보았다. 러키! 천 원짜리 지폐였다. 다혜는 신이 나서 천 원짜리를 들고 자판기를 보았다. 그러나 물 음표에는 가격조차 쓰여 있지 않았다. 다혜의 의문이 느껴진 건지 또다시 목소리가 들려왔다.

"어서 와! 이건 재미가 필요한 사람만 찾아낼 수 있는 자판기야. 지금 삶이 심심한 너! 원하는 소원이 있으면 우리가 꼭 이뤄 줄게!"

마치 텔레비전 속에서 연예인들이 떠드는 것처럼 왁자 지껄한 소리가 자판기 안에서 흘러나왔다. 그러나 다혜는 여전히 자판기의 이름 말고는 아무것도 이해가 되지 않았 다. 소원이라고? 그 말은 깜짝 상자 속에 들어 있는 탁구 공처럼 바보 같은 소리로 들렸다.

뚱한 표정을 짓는 다혜의 모습이 보이기라도 하는지 장 난기가 다시 말을 걸었다.

"네 소원은 뭐야? 해결하고 싶은 고민이 있어? 무엇이 널 재미없게 만드니?"

그건 평범한 음료수나 과자를 권하는 말이 아니었다. 다혜는 이상하게 자판기가 들썩들썩한다고 느꼈다.

'장난감을 만드는 공장이 돌아가고 있기라도 한 걸까?'

다혜는 무심코 자기 생각을 말했다.

"준비물이 잔뜩 있었으면 좋겠어. 너무 많아서 낭비해도 낭비해도 넘쳐 날 정도로."

쿵떡 쿵쿵떡, 와르르르.

요란한 소리가 났다. 자판기가 위로 쭉 솟았다가 옆으로 풍뚱해졌다가 하는 것 같았다. 다혜는 깜짝 놀라 몇 걸음 뒷걸음질을 쳤다.

"좋아! 그렇다면 딱 맞는 도구가 있지!"

자판기의 물음표가 일렁이더니 곧 하나의 물건으로 바뀌어 있었다. 상자였다. 다만 그냥 상자가 아니라 어느 날 할머니 집에서 본 것처럼 옻칠이 되고 자개가 붙어 있는 전통적인 상자였다. 다혜는 어리둥절했다. 상자는 무언가를 담는데 쓰는 것이지 상자 자체가 준비물인 적은 없었다.

"저게 뭐야?"

"화수분 상자라고 하는 거야."

"꽃이 들어 있다고?"

다혜는 기쁨을 감추지 못하고 말했다. 다혜는 꽃을 좋아했다. 하지만 장난기의 대답은 더 놀라웠다.

"꽃도 들어 있을 수 있지. 저 안에는 네가 원하는 모든

게 들어 있을 거야!"

"저 조그만 상자에?"

"당연하지! 우린 거짓말은 하지 않아."

다혜는 망설였다. 어깨에 걸린 채 덜렁거리는 가방을 떠올렸다.

'모든 게 들어 있는 상자라면 얼마나 무거울까? 가방에 들어갈까? 아니, 그전에 나한테 저걸 살 돈이 있을까?'

다혜는 조심스럽게 물었다.

"얼마야?"

장난기 안에서 소곤거리는 소리가 희미하게 새어 나오는 것 같았다.

'얼마인지 가격이 정해지지 않은 물건인 걸까? 너무 비싸면 어쩌지?'

다혜의 마음속에서 자기도 모르게 불안감이 스멀스멀 피어올랐다. 곧 장난기에서 다시 목소리가 흘러나왔다.

"딱 천 원만 내!"

천 원이라고? 그건 마침 장난기 아래에서 주운 돈의 액수였다! 다혜는 장난기의 마음이 바뀔 새라 허겁지겁 주머니에 넣어 둔 천 원을 꺼냈다. 그 천 원을 지폐 투입구에 꽂으니 곧 안으로 빨려 들어갔다.

곧이어 아래쪽에서 텅, 하는 소리가 울려 퍼졌다.

'소리로만 들어서는 그렇게 무거운 상자는 아닌 것 같은데…….'

다혜는 쭈그리고 앉아 장난기에서 나온 물건을 꺼냈다. 상자는 한지로 포장되어 있었다. 포장을 뜯으니 그 안에는 상자와 편지 하나가 들어 있었다.

"편지는 설명서야! 잘 읽고 상자를 사용해야 해! 알겠지?"

"응!"

다혜는 먼저 편지를 읽었다.

### 화수분 상자로 수북하게 노는 법!

1. 화수분 상자에서 꺼내고 싶은 것을 생각한다!
2. 상자를 열고 손을 넣어 잡히는 걸 꺼낸다!
3. 끝!

아참, 절대로 상자 안을 들여다보면 안 돼! 큰일 나!

진짜 끝!

'정말로? 이렇게 간단하게?'

다혜는 반은 믿고 반은 믿지 않는 마음으로 상자 안에

손을 넣어 보며 생각했다.

'나는 여기가 어딘지 모르니까, 집에 가는 길을 찾아 줄 지도가 있었으면 좋겠어.'

상자는 다혜의 주먹이 세 개 정도 들어갈 만한 크기였다. 하지만 손을 넣어 보니 그 안에는 훨씬 더 넓은 공간이 있는 것처럼 느껴졌다. 다혜는 손을 오므렸다 폈다 하면서 상자 안을 뒤져 보았다. 빳빳한 종이가 잡혔다. 꺼내 보니 근처의 지도가 담겨 있는 소책자였다.

'진짜였어!'

다혜는 신이 나서 장난기를 돌아보았다. 장난기는 으쓱거리며 말했다.

"거봐!"

다음 미술 시간이 찾아왔다. 다혜의 부모님은 언제나처럼 준비물을 따로 사 주지 않았다. 그래도 다혜는 실망하지 않았다. 이제는 화수분 상자가 있으니까. 필요한 건 뭐든지 거기서 꺼낼 수 있을 거였다. 다혜는 자기도 모르게 어깨를 으쓱거렸다.

오늘의 주제는 신문 만들기였다. 선생님이 모둠 별로 하얀 도화지와 색연필을 나눠 주었다. 무지개 색깔 색연필만 들어 있는 7색 색연필이었다. 아이들은 저마다 들고

온 준비물을 자기 책상 위에 늘어놓았다. 한 아이는 알록달록 색종이와 반짝이풀을 가져왔고, 다른 아이는 여러 가지 무늬가 그려진 마스킹 테이프와 캐릭터 스티커들을 가져왔다. 모두들 신나게 신문을 꾸미기 시작했다. 다혜는 자기 몫의 도화지를 찬찬히 바라보았다.

'중요한 건 상상력이야.'

다혜는 생각했다. 화수분 상자에서 원하는 건 뭐든지 뽑을 수 있으니까, 다혜에게 가장 중요한 건 자기가 뭘 원하는지 아는 일이었다.

오늘 만들어야 하는 신문의 화제는 가을 소식이었다. 선생님이 칠판에 다양한 예시들을 적어 두었다. 가을은 고추잠자리가 날아다니는 계절. 곡식이 영글어서 추수하는 계절. 낙엽이 산을 울긋불긋하게 꾸미는 계절……. 그렇게 다 적어 놓은 후에 선생님이 말했다.

"선생님이 급한 일이 좀 있어서, 잠깐 교무실에 다녀올게."

그러곤 교실 밖으로 나갔다. 선생님이 사라지자 교실은 한층 더 소란스러워졌다. 마치 작은 축제가 벌어진 것 같았다.

'그래, 축제!'

다혜에게 좋은 생각이 떠올랐다.

'나는 핼러윈을 소개해야겠어.'

핼러윈은 서양 나라들의 축제로 '죽은 자의 날'이라고도 불린다. 죽은 사람들의 영혼이 세상에 내려와 함께 즐기는 기념일이라고 했다. 호박을 파서 얼굴처럼 꾸미는 '잭 오 랜턴(Jack-o'-lantern)'과 '트릭 오어 트릿(trick or treat)'이 유명하다.

다혜는 화수분 상자에 손을 넣었다. 우선은 '잭 오 랜턴' 모양의 스티커를 뽑고 싶었다. 다혜는 눈을 감고 손을 뻗어 더듬더듬 더듬었다. 작고 매끌매끌한 종이가 잡혔다. 꺼내 보니 귀여운 '잭 오 랜턴'부터 무시무시한 '잭 오 랜턴'까지 다양한 모습의 '잭 오 랜턴'이 그려진 캐릭터 스티커였다. 다혜는 거기서 귀여운 것만 골라 신문에 붙이고 무섭게 생긴 호박들은 뜯지도 않고 옆으로 밀어 두었다.

다음으로는 죽은 자의 다리를 그릴 미술 도구가 필요했다. 전설에 따르면 핼러윈에는 죽은 사람들이 무지개 다리를 건너 산 사람들의 세계로 온다고 했다. 다혜가 생각하기에 그런 다리는 선명한 색이 아니라 부드러운 파스텔 색이어야 더 잘 어울릴 것 같았다.

다혜는 편하게 쓸 수 있는 파스텔 도구를 떠올리며 화수분 상자에 손을 넣었다. 이번에는 단단한 막대 같은 것이 잡혔다. 꺼내 보니 입으로 바람을 불어 넣으면 스프레이처럼 색을 입혀 주는 도구였다. 다혜는 그걸 사용해 죽은 자의 다리를 그린 다음 다시 한번 도구를 옆으로 치워 두었다.

다혜는 다시, 다시, 다시, 다시, 화수분 상자에 손을 넣었다. 그럴 때마다 다혜의 신문은 화려해졌고, 다혜가 책상 한쪽에 밀어 둔 물건들도 늘어났다. 거기에는 이제 다양한 색깔의 한지 색종이, 두 손가락으로 잡고 연주하고 놀 수 있는 미니어처 우쿨렐레, 글자를 쓰면 그 글자를 멋진 필기체로 바꾸어 인쇄해 주는 키보드 등등……. 문방구에 있는 것보다 훨씬 더 신기한 물건들이 잔뜩 쌓였다. 다혜가 신문을 절반쯤 꾸몄을 때는 그 물건들이 하나둘 바닥에 떨어지는데도 다혜가 알지도 못할 정도였다.

다혜는 즐겁고 신이 났다. 낭비는 정말 짜릿했다. 다혜는 어쩌면 부모님은 이 즐거움을 알지 못할지도 모른다고 생각했다. 그래서 자꾸 다혜에게 낭비하지 말라고 잔소리를 하는 건지도 몰랐다. 그렇게 생각하니 부모님이 조금 불쌍했다.

그때 누군가 다혜의 어깨를 두드렸다. 다혜가 뒤돌아보니 같은 반 아이였다. 분명 지난번 깜짝 상자 만들기 시간에 오르골 상자를 가져와 상자를 열면 만화 영화 주제가가 나오는 걸 만든 애였지. 이름이 예나였던가? 다혜는 예나의 상자가 너무 부럽고 궁금했지만 책상에 엎드려 있느라 바빠서 구경하지 못한 기억이 났다. 예나는 한참 손가락을 꼼지락거리다가 입을 열었다.

"다혜야 혹시 옆에 놔둔 준비물들 안 쓰는 거면 나 하나만 빌려도 될까?"

다혜는 예나의 손가락이 가리키는 방향으로 고개를 돌렸다. 다혜의 책상은 이제 잡동사니를 쌓아 만든 산성처럼 변해 있었다.

'언제 이렇게 많이 꺼냈지?'

다혜는 어리둥절하면서도 뿌듯했다. 또 이상하게 교실이 좀 조용해졌다는 걸 알았다. 아이들 모두가 다혜의 대답을 기다리고 있는 것만 같았다. 어쩌면 다혜가 알지 못하는 틈에 몰래 와서 다혜의 신문을 구경하고 간 아이들도 한둘이 아니었을지 모른다. 다혜는 뿌듯함에 눈물이 차오를 것만 같았다.

'그래, 까짓것 화수분 상자에서 다시 꺼내면 되는데, 못

빌려줄 건 또 뭐람?'

"그래. 뭐가 필요한데?"

다혜의 말에 예나의 표정이 확 밝아졌다. 그 아이는 눈여겨보던 것이 있었는지 다혜의 준비물 산을 뒤져 무언가를 꺼냈다. 다혜가 죽은 자의 다리를 그릴 때 쓰던 스프레이 펜이었다. 예나는 수줍은 듯 말했다.

"나는 가을 논밭을 그리고 있는데, 노을을 표현할 때 쓰면 좋을 것 같아서."

그러더니 자기 신문을 꺼내 보였다. 확실히 황금빛 작물들과 고추잠자리, 허수아비가 그려진 도화지의 풍경이 하야니까 뭔가 아쉬웠다. 다혜는 예나가 집은 스프레이 펜의 색을 보았다. 빨간색과 파란색, 황금색에 적절하게 어울리는 색이면 좋을 텐데, 예나의 손에 들린 건 하늘색 펜이었다.

"오히려 홍시색이면 더 좋지 않을까? 홍시색도 있는데 어때?"

다혜가 말하자 예나가 박수를 쳤다.

"홍시색이 있어? 있으면 더 좋지!"

"잠깐만 기다려 봐."

다혜에게는 화수분 상자를 책상 위에 꺼내 놓지 않고

몰래 사용할 정도의 분별력은 있었다. 작은 상자 안에서 계속 물건이 솟아나는 걸 다른 아이들이 본다면 화수분 상자를 도둑맞을지도 몰랐다. 다혜는 가방 안에 손을 넣어 화수분 상자의 뚜껑을 더듬더듬 열었다. 그리고 짠, 다혜가 손을 빼냈을 때 다혜의 손에는 홍시색 스프레이 펜이 들려 있었다.

"어때?"

예나가 다혜의 손을 꼭 잡았다.

"정말 마음에 들어! 고마워! 금방 쓰고 돌려줄게!"

"괜찮아. 천천히 줘도 돼."

다혜는 마음이 넓어지면서 부자가 된 것만 같았다. 실제로도 부자가 맞을지 몰랐다. 이렇게 물건을 끊임없이 꺼낼 수 있으니까.

예나가 깡충깡충 뛰어 자리로 돌아간 다음 교실 안에는 일대 혼란이 일었다. 마치 핼러윈 행사를 크게 벌인다는 유럽의 어느 광장 한복판 같았다. 아이들은 너 나 할 것 없이 다혜의 자리로 몰려들었다. 아이들이 너무 많이 몰리는 바람에 줄을 세워야 할 정도였다. 처음에 아이들은 다혜의 책상에서 원하는 미술 도구를 눈여겨보고 찾아왔다. 하지만 나중에는 책상 위에 없는 물건임에도 혹시 다혜가 가지고 있지 않을까 궁금해서 물어보러 오는 아이들이 생겼다. 그때부터 다혜의 물건을 빌리는 일은 하나의 쇼가 되었다. 다혜가 정말로 어떤 물건을 가방에서 꺼내 들면 박수와 함성이 터져 나왔다. 영화에서 우주선이 발사될 때 과학자들이 서류를 던지면서 환호하고 껴안는 장면 같은 모습이었다. 다혜는 영웅이라도 된 기분이었다.

늘 너무 길던 미술 시간이 오늘은 순식간에 끝나 버렸다. 잠깐 교무실에 간다던 선생님이 돌아와 수업 시간이 끝났다고 말하다가 갑자기 말을 멈추었다. 신문을 마무리하기 위해 서두르던 다혜는 갑자기 찾아온 조용함에 고개를 들고 선생님을 바라보았다. 선생님은 다른 누구도 아닌 다혜를 똑바로 쳐다보고 있었다.

"다 쓰지도 못할 준비물을 이렇게 많이 들고 오면 어떻게 하니? 물건을 낭비하면 못써요."

선생님이 말했다. 방금 전까지는 축제 한복판에 서 있던 다혜의 기분이 훅 나빠졌다. 마치 누군가 광장 한가운데 있는 분수의 물을 떠서 솜사탕에 뿌려 버린 것 같았다.

'낭비, 또 그놈의 낭비! 나는 낭비하고 낭비하고 낭비해도 괜찮을 만큼 물건이 많으니까 문제없단 말이야!'

다혜는 그렇게 생각만 할뿐 차마 선생님께 대들지는 못했다. 다혜는 고개를 숙이고 이렇게만 말했다.

"네에."

다혜의 준비물을 빌려 간 다른 아이들은 행여 자기에게 불똥이 튈까 봐 아무 말도 하지 않았다. 이 낭비의 축제는 반 모두의 것이었는데도 말이다. 다혜는 야속함을 느꼈다. 선생님이 말했다.

"다음 수업 전까지 물건들 다 치워 놓으세요."

선생님은 다혜의 화려하고 멋진 준비물은 본체만체하고 신문들만 걷어 교실 밖으로 나갔다. 쉬는 시간을 알리는 종이 울렸다. 아이들이 하나씩 돌아와 다혜에게 준비물을 돌려주었다. 예나를 비롯한 몇몇 아이들이 도와주겠다고 했지만 다혜는 거절했다.

다혜는 준비물로 만든 탑에 홀로 갇힌 라푼젤 같은 처지가 되었다. 그래도 다혜는 괜찮았다. 물건들은 화수분 상자에서 나온 거니까, 화수분 상자를 사용해서 치울 수 있을 거라고 생각했다.

다혜는 물건들을 한 번에 치울 수 있는 진공청소기 같은 도구를 상상하며 화수분 상자에 손을 넣었다. 그런데 이번에는 손을 더듬어도 아무것도 집히지 않았다. 오히려

손목이 좀 휑한 느낌이 드는 게 손이 가벼워진 것 같았다. 다혜는 화수분 상자에서, 가방에서, 팔을 뺐다.

손이 없었다.

"으악!"

다혜가 비명을 질렀다. 하지만 준비물 탑에 갇힌 다혜의 목소리는 밖으로 새어 나가지 않는지, 모두들 복도로 뛰어나갔는지, 아무도 오지 않았다. 거듭해서 도와달라고 소리쳐도 마찬가지였다.

'이런 말은 없었잖아? 상자 안을 들여다보지 말라고만 했지 너무 많이 꺼내지 말라든가 어떤 종류의 물건은 꺼내면 안 된다는 말은 없었는데?'

다혜는 왼손으로 가방을 뒤져 편지를 찾아냈다. 익숙하지 않은 왼손으로 상자를 피해 가며 가방을 뒤지려니까 굉장히 힘이 들었다. 그래도 다혜는 해냈고, 편지를 꺼내 읽었다.

### 화수분 상자로 수북하게 노는 법!

1. 화수분 상자에서 꺼내고 싶은 것을 생각한다!
2. 상자를 열고 손을 넣어 잡히는 걸 꺼낸다!
3. 끝!

아참, 절대로 상자 안을 들여다보면 안 돼! 큰일 나!
진짜 끝!

역시 잘못 읽은 건 없었다.

'그런데도 왜 손이 사라졌을까?'

짚이는 이유가 하나도 없었다. 상자 안이 어떻게 되어
있는지 알 수가 없으니 무슨 일이 일어났는지 알 수가 있
나. 어쩌면 꺼내고 싶은 걸 좀 잘못 생각했을지도 모른
다. 제대로 생각하고 상자에서 손을 꺼낼 수만 있다면 오
른손을 다시 붙일 수 있을지도 몰랐다.

'하지만 만약 상자 안에 넣은 왼손마저 사라진다
면……'

다혜는 무서워서 눈물이 나올 것만 같았다.

다혜는 생각했다.

'살짝만 보는 거야. 들여다보지 말라고 했으니 살짝 보
는 것 정도는 괜찮을 거야.'

다혜는 가방을 열어 상자를 꺼내 책상 위에 올렸다. 그
런 뒤 조심스럽게 상자를 열고 아까 꺼낸 반짝이 거울을
통해 상자 안쪽을 훔쳐보았다. 그런데 맙소사! 상자 안에

는 다혜처럼 물건들 사이에 홀로 앉은 다른 아이가 있었다. 그 순간 다혜는 화수분 상자의 정체가 무엇인지 깨달았다. 다혜의 화수분 상자 안에 있는 아이의 책상 위에는 똑같이 생긴 화수분 상자가 있었다. 그리고 그 아이 역시 다혜처럼 오른손이 없었다. 아이는 멍하니 앉아 하늘만 올려다보고 있었다. 아주 지루하고 슬퍼 보였다.

'나도 저 아이처럼 욕심부리고 낭비한 대가를 치르게 되는 걸까?'

다혜는 위를 올려다보며 생각했다. 어느새 교실 천장은 사라지고 물건들로 덮인 컴컴한 천장이 위를 막고 있었다. 물건들 사이에 작은 틈이 있어서 그 사이로 빛이 희미하게 들어올 뿐이었다.

'저 천장이 열리고 누군가 물건을 찾으면 나는 그 물건을 꺼내 줘야 하는 거구나. 내가 꺼낸 물건을 다 나눠 줄 때까지…….'

다혜의 눈에 눈물이 핑 돌았다.

'장난기를 다음에 누가 발견하게 될까? 그 이전에 누군가 발견한다고 해도 그 아이가 내 물건 탑을 무너뜨릴 정도로 많은 물건을 원할까?'

"낭비해서 죄송해요……. 아껴 쓰지 않은 것 잘못했

어요······."

어차피 아무도 듣지 못한다는 걸 알았기에 다혜의 입에서 후회와 사과의 말이 중얼중얼 흘러나올 뿐이었다. 그런데 그때 수업 시작을 알리는 종소리가 들렸다. 그리고 무언가 물건의 탑을 쿵쿵 두드리는 소리가 들렸다. 갑자기 물건들의 틈 사이로 홍시색 스프레이 펜이 쑥 들어오더니 마치 지퍼가 열리듯이 탑을 양쪽으로 갈랐다. 안쪽에서는 천하무적이던 물건의 탑은 허무할 만큼 쉽게 무너졌다.

다혜가 고개를 들어 보니 예나가 앞에 서 있었다.

"괜찮아? 이거 돌려주러 왔어."

다혜가 그 말을 이해하는 데는 시간이 조금 걸렸다. 이윽고 다혜는 깜짝 놀라 자신의 오른손을 내려다보았다. 손은 다행히 멀쩡하게 붙어 있었고, 팔뚝에 울긋불긋한 자국만 남아 있었다.

"수업 중간부터 갑자기 엎드려서 자더라. 피곤하면 피곤하다고 말을 하지."

예나가 웃었다. 하지만 다혜는 어리둥절했다.

"준비물들은? 상자는?"

예나가 고개를 갸웃거렸다.

"네가 빌려준 건 이것뿐이잖아? 왜? 뭐 잃어버렸어? 상자는 뭐야?"

예나는 정말 아무것도 모르는 것 같았다. 다혜는 가방을 열고 그 안을 뒤져 보았다. 하지만 화수분 상자는 어디로 갔는지 흔적조차 남아 있지 않았다. 다만 함께 들어 있던 편지 한 장만 손에 잡혔다. 다혜는 깜짝 놀랐다. 편지 뒷장에도 내용이 있던 것이다.

물건을 너무 많이 꺼내면 가장 소중한 물건 하나만
남고 사라져 버리니까 조심해!
진짜 진짜 끝!

다혜는 기뻐해야 할지 슬퍼해야 할지 아니면 울어야 할지 웃어야 할지 알 수가 없어서 그저 예나를 물끄러미 바라보았다. 예나는 여전히 다혜에게 홍시색 스프레이 펜을 내밀고 있었다. 예나가 한 시간 동안 열심히 사용한 펜은 따뜻했고, 어쩐지 처음 꺼냈을 때보다 조금 더 부드러워진 것 같았다.

"고마워."

다혜는 울먹이는 목소리로 말했다.

"차라리 세상에서 사라져 버리고 싶어……."
서진은 자기도 모르게 중얼거렸다. 그런데 갑자기
어디선가 목소리가 들려왔다.
"그럼 사라져 버리면 되지!"

# 도깨비감투

아침이 또 밝아 왔다. 서진은 침대 안에 누워 눈을 찡그렸다. 햇빛이 싫어서 이불을 머리끝까지 덮었다. 하지만 곧 엄마가 문을 열고 들어와 이불을 홱 걷어 냈다. 엄마는 늘 똑같이 말했다.

"학교에 가야지."

사실 서진은 햇빛이 싫은 것이 아니었다. 따뜻하고 반짝거리는 햇빛을 왜 싫어하겠는가. 서진이 정말로 싫어하는 건 학교에 가는 일이었다. 학교에 가면 또 종인과 그의 친구들을 마주쳐야 한다. 그건 서진에게는 악몽보다도 더 끔찍한 일이었다. 매일 악몽만 꿔도 좋으니까 차라리 잠에서 깨어나지 않았으면 좋겠다는 생각을 몇 번이나 했는지 모른다.

서진이 종인과 그의 친구들을 싫어하는 이유는 간단했다. 종인은 반에서 가장 덩치가 크고 힘이 센 녀석이었는데, 늘 그 힘을 다른 아이들 괴롭히는 데 썼다. 마치 과녁을 향해 날아가는 화살처럼 한곳으로만 날아가는 그 힘은 올해 들어 계속 서진에게 향했다.

'오늘은 또 무슨 흉내를 내야 할까?'

서진은 생각만 해도 머리가 아팠다. 원숭이 흉내는 이제 통하지 않았다. 기린 흉내나 토끼 흉내에도 슬슬 웃음소리가 작아졌다. 새로운 동물을 생각해 내지 않으면 종인이 시키는 대로 터무니없는 동물을 흉내 내야 했다.

지난번에 종인이 재미없다며 주문한 다른 동물은 아르마딜로였다. 아르마딜로가 뭔지 모르던 서진은 하루 종일 쩔쩔매다가 집으로 돌아갔다. 집에서 검색해 본 아르마딜로는 등에 단단한 껍질을 달고 있으며 쥐와 거북이를 섞어 놓은 것 같이 생긴 동물이었다. 이걸 도대체 어떻게 아느냐고 서진은 혼자 방 안에서 소리쳤다.

'누가 도와주기라도 했으면…….'

서진은 터벅터벅 걸으며 생각했다. 종인과 그의 친구들

도 싫었지만 교실 뒤에서 서진이 쩔쩔매는데도 도와주지 않는 반 친구들도 미웠다. 그런 아이들을 친구라고 부를 수 있는 걸까 싶었다. 얼마 전에 학교에서 비겁하다는 말을 배웠는데, 딱 그 꼴이었다.

"차라리 세상에서 사라져 버리고 싶어……."

서진은 자기도 모르게 중얼거렸다. 그런데 갑자기 어디선가 목소리가 들려왔다.

"그럼 사라져 버리면 되지!"

서진은 깜짝 놀라 고개를 들었다. 주위에는 아무도 없었다. 이미 학교와 집 사이에 늘어선 상점가를 지나서 사람 사는 건물만 있는 주거 단지에 와 있었다. 와자지껄함과는 거리가 먼 곳이었다.

"여기야, 여기!"

다시 목소리가 들려왔다. 서진은 목소리가 들리는 방향으로 고개를 돌렸다. 목소리는 빌라와 빌라 사이의 좁은 샛길 안쪽에서 들려오고 있었다. 서진은 침을 꿀꺽 삼켰다. 햇빛이 들지 않아 늘 어둑어둑한 골목이라서 서진은 한 번도 그 안쪽으로 들어가 본 적이 없었다.

그런 서진의 마음을 읽기라도 했는지 다시 목소리가 들려왔다.

"괜찮아. 이리 와."

갑자기 샛길 안쪽에 번쩍하고 환한 불빛이 들어왔다. 아르마딜로처럼 목을 쭉 빼고 보니 골목 안쪽에 자판기가 하나 있었고, 자판기에는 슈퍼 마리오 게임을 할 때 아이템이 나오는 상자처럼 빛나는 물음표 하나가 그려져 있었다.

'저기에 자판기가 있었나?'

서진은 이 길을 매일매일 다녔지만 저런 자판기는 본 적이 없었다. 어제 하교하는 길에도 저런 자판기는 분명 없었다.

'그래, 어쩌면 오늘 생긴 자판기일지도 몰라.'

그렇게 생각하자 궁금증이 일었다. 반 친구들과 어울리지 못하는 탓에 서진은 혼자서 게임하기를 좋아했다. 슈퍼 마리오 브라더스는 그중에서도 서진이 가장 좋아하는 게임 중 하나였다. '마리오처럼 아이템을 먹을 수 있으면 얼마나 좋을까?' 하고 생각한 것도 수백 번은 될 것이다.

서진은 자판기를 구경하려고 샛길로 들어섰다. 한 걸음 한 걸음 뗄 때마다 게임 속 세상으로 빨려 들어가기라도 하는 것처럼 조용한 그늘이 서진을 감쌌다. 하지만 서진은 영롱하게 빛나는 물음표에 정신이 팔려서 그 낌새를 알아차리지 못했다.

어느새 서진은 이상한 자판기 코앞까지 걸어와 있었다. 여느 자판기와 똑같이 생긴 자판기였는데, 이상한 점이 있다면 보통 음료수나 과자가 늘어서 있어야 할 곳에 커다란 물음표 하나만 붙어 있다는 점이었다. 지폐를 넣는 플라스틱 투입구에서 번쩍거리는 빛이 새어 나왔다. 자판기의 정체를 알려 줄 만한 것은 반짝거리는 물음표 위에 붙은 기계의 이름밖에 없었다. 어울리지 않게 나무로 만들어진 사각형 이름표에는 '장난기'라고 적혀 있었다.

막상 이상한 끌림을 따라 자판기까지 오기는 했지만 서진은 이제 뭘 해야 할지 알 수 없었다. 물음표에는 가격조차 쓰여 있지 않았다. 그때 또다시 목소리가 들려왔다.

"어서 와! 이건 재미가 필요한 사람만 찾아낼 수 있는 자판기야. 지금 삶이 재미없는 너! 원하는 소원이 있으면 우리가 꼭 이뤄 줄게!"

마치 텔레비전 속에서 연예인들이 떠드는 것처럼 왁자지껄한 소리가 자판기 안에서 흘러나왔다. 서진은 여전히 자판기의 이름 말고는 아무것도 몰랐고 무엇도 이해되지 않았다.

'소원이라고?'

그 말은 동화책에서나 보던 말처럼 다른 세계의 것 같았다.

망설이는 서진의 모습이 보이기라도 하는지 장난기가 또 말을 걸었다.

"네 소원은 뭐야? 해결하고 싶은 고민이 있어? 무엇이 널 재미없게 만드니?"

그건 평범한 음료수나 과자를 권하는 말이 아니었다. 서진은 이상하게 자판기가 들썩거린다고 느꼈다. 신기하게도 자판기가 하는 말에 서진의 눈이 뜨거워졌다.

'날 재미없게 만드는 거? 내 소원이라면 확실한 게 하나 있지.'

생각 끝에 서진이 대답했다.

"교실에 있어도 아무도 나를 볼 수 없었으면 좋겠어."

쿵떡 쿵쿵떡, 와르르르.

요란한 소리가 났다. 자판기가 위로 쭉 솟았다가 옆으로 뚱뚱해졌다가 하는 것 같았다. 서진은 깜짝 놀라 뒷걸음질을 쳤다.

"좋아! 그렇다면 딱 맞는 도구가 있지!"

자판기의 물음표가 일렁이더니 게임 속에서 아이템을 뽑을 때처럼 다양한 물건들이 위아래로 빠르게 흘러갔다.

그러더니 곧 어지러울 정도로 빠른 움직임이 멈추고 물음표는 하나의 물건으로 바뀌어 있었다. 검은 왕관처럼 생긴 물건이었다. 서진은 학교에서 배운 걸 떠올렸다. 그건 천으로 된 검은 감투였다. 마치 첩첩산중을 묘사하는 것처럼 삐죽삐죽한 장식이 세 겹으로 되어 있었다. 옛날에 양반과 선비들이 썼다는 바로 그 물건인 것 같았다.

서진은 어리둥절했다. 그런 이상한 걸 머리에 쓰고 학교에 갔다가는 사라지기는커녕 더 많은 주목을 받을 것만 같았다.

"저게 도움이 될까?"

"당연하지! 우린 거짓말은 하지 않아."

서진은 망설였다. 그때 어깨를 짓누르는 가방이 생각났다.

'그래, 아무것도 아니라면 그냥 가방 안에 꼭 넣어 두고 꺼내지 않으면 되지.'

서진은 그렇게 마음먹고 장난기에게 말을 걸었다.

"얼마야?"

장난기 안에서 소곤거리는 소리가 희미하게 새어 나오는 것 같았다. 가격이 정해지지 않은 물건인 걸까? 너무 비싸면 어쩌지? 서진의 마음속에서 자기도 몰래 불안감이 스멀스멀 피어올랐다. 곧 장난기에서 다시 목소리가 흘러나왔다.

"딱 천 원만 내!"

천 원이라고? 그건 음료수보다도 싼 가격이었다. 서진은 장난기의 마음이 바뀔 새라 허겁지겁 가방에서 지갑을 꺼냈다. 다행히 지갑 안에는 딱 천 원이 남아 있었다.

천 원을 지폐 투입구에 꽂으니 곧 안으로 빨려 들어갔다. 곧이어 아래쪽에서 텅, 하는 소리가 울려 퍼졌다. 서진은 쭈그리고 앉아 장난기에서 나온 물건을 꺼냈다. 감투가 아니라 한지로 포장된 작은 상자였다. 서진은 혹시 속은 게 아닐까 싶어 곧바로 포장을 뜯었다. 다행히 그 안에는 감투와 작은 편지 하나가 들어 있었다.

"그 작은 종이는 설명서야! 잘 읽고 감투를 사용해야 해! 알겠지?"

"응!"

서진은 상자를 서둘러 가방 안에 쑤셔 넣었다. 서두르지 않으면 학교에 늦을 참이었다.

서진은 걸음아 날 살려라 하며 달려서 간신히 지각하지 않고 학교에 도착했다. 하도 달리느라 정신이 없는 탓에 장난기를 만난 게 꿈이 아닐까 싶을 정도였다. 하지만 아침 책 읽기 시간에 조용히 가방 안을 보니 그 안에는 감투와 편지가 들어 있었다. 서진은 책 사이에 편지를 끼워 선생님 몰래 읽었다.

### 도깨비감투를 어떻게 써야 할 '감투'!

1. 도깨비감투를 머리에 쓴다!
2. 투명해진다!
3. 다시 다른 사람들에게 모습을 드러내고 싶으면 감투를 벗는다!
4. 끝!
아참, 감투가 찢어지거나 구멍이 뚫리는 등 손상되면 다른 사람 눈에 보이게 되니까 조심해!
진짜 끝!

설명서라고 할 것도 없는 간단한 내용이었다. 너무 간단한 내용 탓에 속은 게 아닐까 싶을 정도였다.

'그럼 그렇지.'

서진이 생각하며 고개를 들었을 때, 오른쪽 대각선 앞 자리에 앉은 종인과 눈이 마주쳤다. 종인은 서진에게 씩 웃어 보였다. 서진은 오늘 무엇을 흉내 낼지 생각해 놓지 않았다는 사실을 떠올렸다. 종인에게는 무시무시한 계획이 있는 것 같았다. 서진은 책 읽기 시간이 끝나기 전에 어떻게든 뭔가를 생각해 보려고 했으나 이미 오줌이 나올 정도로 무서운 탓에 머리가 돌아가지 않았다.

한 시간이 너무하다 싶을 정도로 빨리 끝나 버렸다. 선생님이 교실을 나가자마자 종인이 자리에서 벌떡 일어났다.

'끝장이다. 안 돼!'

생각만으로도 손이 벌벌 떨렸다. 서진은 떨면서 감투를 꺼내 들었다. 어차피 이렇게 된 것, 이판사판이었다. 서진은 눈을 질끈 감고 감투를 썼다.

짧은 시간이 지나갔다. 종인은 서진을 괴롭힐 때면 어깨에 손을 얹고 "오늘은 뭐 하고 놀까?"라며 낄낄대곤 했다. 하지만 아무리 시간이 지나도 종인의 손길과 그 소름끼치는 목소리가 들려오지 않았다. 서진이 살짝 눈을 떠 보니 종인은 서진을 앞에 두고도 두리번거리고 있었다.

"뭐야. 얘 어디 갔는지 본 사람?"

종인이 말했다. 하지만 종인의 무리들 역시 당황스럽기는 마찬가지인 모양이었다.

"분명히 방금 전까지는 있었는데……."

"교실에서 나가는 거 못 봤는데……."

서진은 신이 났다.

'진짜 도깨비감투구나!'

서진은 종인과 그의 무리가 눈치채지 못하게 살짝 자리에서 빠져나와 교실 뒤편에서 오래간만의 자유를 즐겼다. 누구의 눈치도 보지 않고 화장실에도 다녀오고 복도를 뛰어다니기도 했다. 남에게 보이지 않는다는 건 아주 신나는 일이었다.

서진은 수업 시간에 맞춰 자리에 돌아와 앉았다. 아주 상쾌한 기분이었다. 1교시는 국어 시간이었다. 서진은 거의 콧노래까지 부르며 자리에 앉아 기다렸다. 그런데 선생님이 들어오자 종인이 손을 번쩍 들었다. 그러곤 의기양양한 표정으로 말했다.

"선생님 서진이가 없어요!"

"뭐라고?"

호랑이 같은 담임 선생님 목소리가 들려왔다. 아차, 도깨비감투를 벗는 걸 깜빡했다. 서진은 고개를 푹 숙이고 도깨비감투를 벗어 곧바로 가방 안에 집어넣었다. 누가 보지 못하도록 하기 위해서였다. 그러곤 허리를 꼿꼿이 폈다.

"서진이 자리에 있잖아! 거짓말하면 못쓴다."

선생님은 서진을 가리키며 종인에게 으르렁댔다. 종인이 뒤를 돌아보았다. 그러더니 서진이 멀쩡히 자리에 앉아 있는 것을 보고는 당황한 건지 분한 건지 입을 앙다물었다. 서진은 오랜만에 학교에서 즐거움을 느꼈다.

그 뒤로도 종인은 서진에게 복수를 하려는 듯 쉬는 시간만 되면 서진을 찾았으나 도깨비감투를 쓴 서진을 찾을 수는 없었다. 종인은 씩씩거리며 소리를 지르거나 책상을 발로 차 댔다. 몇몇 아이들이 눈살을 찌푸리기는 했지만 반의 작은 호랑이나 마찬가지인 종인에게 함부로 말하지는 못했다.

서진은 점심때까지 아주 재미있는 시간을 보냈다. 장난기의 말은 사실이었다. 목소리들은 정말로 서진의 소원을 이루어 준 것이었다. 아니, 그런 줄로만 알았다. 점심을 먹고 돌아온 서진은 교실 뒤편에서 이전과는 다른 일이 벌어지는 걸 보았다. 종인과 그의 무리는 이제 서진을 찾는 건 포기했는지 다른 아이를 괴롭히고 있었다. 사람이 바뀌었는데도 하는 짓은 똑같았다. 검은 안경을 쓴 몸집이 작은 친구 덕희는 원숭이를 흉내 낸다고 애쓰고 있었다.

서진의 몸이 벌벌 떨렸다. 자기는 도깨비감투를 얻어 종인네 무리에게서 벗어났지만 그렇다고 그애들이 변한 건 아니었다. 종인의 몸집이 줄어든 것도 성격이 바뀐 것도 아니었으니 당연한 일이었다. 서진은 살금살금 자리에 돌아가 앉았으나 떨림은 멎지 않았다. 뒤에서 종인의 비열한 웃음소리가 들려올 때마다 목덜미에 소름이 돋았다.

　종인의 괴롭힘은 끝나지 않았다. 이제는 도깨비감투를 쓰지 않아도 서진에게는 흥미가 떨어져서 찾아오지 않을 것 같았다. 귀를 막아도 교실 밖으로 나가도 "우끼끼 우끼끼." 하고 원숭이 흉내 내는 소리와 종인의 몸집에 어울리지 않는 가는 웃음소리가 서진을 쫓아다녔다. 5교시에도 6교시에도. 심지어 다음 날이 되어도.

　이대로 있을 수만은 없었다. 가만히 있다가는 서진도 괴롭힘당할 때 자신을 외면하던 반 아이들과 똑같은 사람이 되어 버리는 셈이었다. 서진은 덕희의 괴로움과 외로움을 알았다. 가만히 있을 수만은 없었다.

　서진은 도깨비감투를 쓰고 벌떡 일어나 교실 뒤편으로 갔다. 종인의 무리는 총 셋. 일 대 삼. 그냥 주먹다짐을 한다면 어림도 없을 숫자지만 지금 서진에게는 도깨비감투가 있었다.

서진은 덕희를 괴롭히는 종인 일당에게 살금살금 다가
갔다.

"그게 뭐야, 하나도 원숭이랑 안 닮았잖아!"

종인의 오른팔 수혁이 소리쳤다. 서진은 수혁의 뒤통수
를 때렸다.

"아야!"

수혁이 깜짝 놀라 뒤를 돌아보았다. 서진은 수혁과 눈
이 마주치는 바람에 비명을 지를 뻔했다. 하지만 입을 앙
다물고 참았다. 수혁은 서진을 보지 못하고 두리번거리면
서 소리를 질렀다.

"누구야! 어떤 놈이야!"

하지만 결코 서진을 발견하지는 못했다.

"멍청아, 네가 착각했겠지."

종인과 가장 가까이 붙어 다니는 진오가 수혁에게 핀잔
을 주었다. 그리고 바쁜데 어서 괴롭히지 않고 뭐 하냐는
듯 덕희에게 언성을 높였다.

"야, 쉬냐?"

서진은 이번에는 진오 뒤로 다가가 뒤통수를 후렸다.

"아야!"

진오도 마찬가지로 뒤를 돌아보았다. 서진은 이번에도

눈이 마주쳤지만 아까처럼 놀라지는 않았다. 진오 역시 서진을 찾지 못했다. 두리번거리기는 했으나 수혁에게 한 말이 있어서 그런지 누구냐고 소리를 지르지는 못했다. 수혁이 진오를 보고 낄낄거리자 둘 사이에 싸움이 붙었다. 이렇게 몇 번만 더 하면 될 것 같다는 희망이 서진의 마음속에 부풀었다.

"거봐. 내가 착각한 게 아니라니까."

"뭐래? 멍청아."

하지만 종인이 인상을 찌푸리자 둘은 더 이상 싸우지 못하고 얌전해졌다. 역시 괴롭힘의 핵심은 종인이었다. 어떻게든 종인의 기를 꺾어 놓아야만 모든 게 끝날 터였다.

"야, 웃기냐? 팔다리가 쉰다?"

종인은 그것이 반드시 해내야만 하는 사명이라도 된다는 듯 다시 덕희를 괴롭히는데 열중했다. 서진은 이번에는 종인의 뒤로 다가가 종인의 뒤통수를 때렸다.

"아야!"

뒤를 돌아보기는 종인도 마찬가지였다. 종인은 뒤돌아보기만 하는 게 아니라 바로 주먹부터 뻗었다. 서진이 여태까지의 괴롭힘으로 종인의 행동거지를 파악하고 있지 않았더라면 코가 깨졌을 것이다.

　같은 일이 오전 시간 내내 반복되었다. 이제는 종인네 무리 사이에서도 쭈뼛거리는 몸짓과 수군거림이 생겼다.

　"귀신이 있는 거 아냐?"

　"벌받는 걸지도 몰라."

　"혹시 서진이가 귀신이 된 거 아닐까?"

　그들은 일제히 비어 있는 서진의 자리를 바라보았다. 쉬는 시간만 되면 홀연히 사라졌다가 수업이 시작되면 돌아오는 서진은 그들이 보기에 정말 귀신 같았을 거다. 하지만 종인은 쉽사리 물러서지 않았다. 이제 이 괴롭힘을 지속하는 건 종인의 자존심이 되어 버렸다.

　"세상에 귀신이 어딨어. 맞고 싶냐?"

　종인이 팔을 부르르 떨며 그렇게 말하자 진오와 수혁은 입을 다물었다. 결국 결판을 내기 전엔 끝나지 않을 일이었다. 서진은 가방에서 도깨비감투를 꺼내 쓰고 교실 뒤의 종인 무리에게 다가갔다. 말을 걸어야 한다고 생각하니 손이 떨렸다.

　그느라고 서진은 가방 지퍼에 끼어 도깨비감투가 살짝 찢어진 것도 몰랐다.

　서진이 교실 뒤편으로 다가가니 종인과 그의 무리의 눈

동자들이 그를 따라 움직였다. 서진은 뭔가 이상하다고 생각했지만 뭐라고 말할지 생각하느라 바빠 다른 생각은 할 수도 없었다.

"뭐냐?"

종인이 자기를 똑바로 보면서 말했음에도, 종인에게 자기가 보인다는 사실을 알지 못했던 서진은 대답하지 않았다. 대신 속으로 이렇게 생각만 했다.

'뭐라고 말해야 종인네 무리가 괴롭힘을 그만두게 만들 수 있을까? 선생님에게 다 말하겠다는 걸로는 부족할 텐데……'

아무 말없이 다가오는 서진에게 뭔가 심상치 않음을 느낀 것인지 종인은 주춤거렸다. 하지만 위협적인 태도와 말투는 여전했다.

"뭐냐고? 그 웃기는 모자나 쓰고. 광대 자리를 빼앗겨서 서운하냐?"

서진은 정신이 번쩍 들었다. 감투가 보인다고? 그렇다면 나도 보인다는 거 아니야? 계획이 완전히 틀어졌다. 적어도 보이지 않는 상태에서 말한다면 겁이라도 줄 수 있을 거라고 생각했는데. 하지만 돌아가기에는 너무 늦었다. 서진은 이미 종인 바로 앞에 서 있었다. 무슨 말이라도 해야 했다.

"야, 뭐냐고?"

종인이 서진을 밀쳤다. 서진은 두 걸음 밀려났지만 넘어지지는 않았다. 그때 주저앉은 덕희와 눈이 마주쳤다. 덕희의 눈에는 기대감이 거의 깃들어 있지 않았다. 자기도 다른 아이들을 바라볼 때 저런 눈이었을까? 마음이 시렸다. 서진은 한숨을 쉬며 생각했다.

'이런 건 하나도 재미없어.'

"야. 힘 좀 세다고 애들 괴롭히면 재밌냐?"

서진이 쏘아붙였다. 종인은 잠깐 당황하는 듯했으나 곧 얼굴에 사악한 미소를 띠었다.

"그럼. 재미없으면 왜 이러겠냐?"

"그래. 재미로 하는 거라 이거지."

서진은 물러선 만큼, 아니 그것보다 한 발 더 가까이 다가섰다. 종인은 서진보다 이마 하나만큼 더 컸다. 하지만 도깨비감투까지 더하면 서진이 더 컸다.

"네가 한 짓을 어른들이 다 알게 돼도 계속 재미있을까?"

"말할 수 있었으면 벌써 말했겠지. 그런 걸 협박이라고 하는 거냐?"

종인이 서진을 노려봤다. 하지만 여태껏과 달리 서진은 눈을 피하지 않았다. 눈이라면 이미 도깨비감투를 쓰고 많이 맞춰 봤다.

"내가 이걸 누구한테 받은 줄 알아? 이건 감투라고 하는 건데, 배운 적 있지?"

서진은 이제는 제 기능을 못하게 된 도깨비감투를 톡톡 치면서 말했다.

"바로 말씀드릴 수도 있지만 마지막으로 기회를 주는 거야. 중학교 가기 싫으면 계속 이렇게 살든가."

종인은 바로 대꾸하지 못했다. 이미 오전의 사건으로 괴롭히는 일이 마냥 편하지만은 않게 된 종인의 패거리는 뒤에서 아무 말도 못 하고 서 있을 뿐이었다. 종인은 홀로 사냥하는 호랑이가 아니었다. 무리를 짓지 않으면 사냥하지 못하는 비겁한 늑대와 같았다.

대꾸하지 못하는 종인을 두고 서진은 덕희를 복도로 데리고 나갔다. 덕희의 손은 복도로 나간 다음에도 계속 벌벌 떨렸다.

"괜찮아?"

서진이 묻자 덕희는 그제야 울음을 터뜨렸다.

"미안해."

덕희는 울면서 계속 그렇게 말했다. 서진은 덕희의 어깨를 토닥이며 계속 괜찮다고 말해 주었다.

그날 이후로 종인의 괴롭힘은 멈췄다. 종인과 아이들은 교실 안에 있기 민망했는지 쉬는 시간이 되면 누구보다 먼저 복도나 운동장으로 나가 버렸다. 서진은 덕희와 친구가 되었다. 서진이나 덕희나 동물 흉내 내는 것보다는 훨씬 좋은 재주가 많은 아이들이었으니 쉽게 친구가 될 수 있었다.

"그런데 그 감투는 어디서 난 거야?"

나중에 덕희는 서진에게 물었다. 서진은 한동안 잊고 있던 장난기를 떠올렸다. 덕분에 삶이 재미있어졌으니 감사 인사라도 해야 할 것 같았다. 그래서 서진은 덕희를 데리고 그 골목을 다시 찾았다.

그러나 해가 잘 들지 않아 어두운 골목에는 장난기는커녕 아무것도 남아 있지 않았다. 그저 다른 곳보다 조금 더 어둡게 그림자 진 골목 한구석이, 장난기가 잠깐 그곳에 있었다고 이야기해 주는 것만 같았다.

일주일이 지나고 토끼는 새끼를 낳았다. 반짝반짝 빛나는 금토끼였다. 금토끼는 겸태를 보자 또 "아버지, 아버지." 하고 불렀다.

# 금토끼

경태는 숫자 2가 싫었다. 숫자 2는 태어났을 때부터 경태의 등에 업혀 졸졸 따라다니며 경태를 괴롭혔다. 숫자가 대체 어떻게 괴롭혔냐고? 그건 말하자면 정말 길다.

경태는 둘째로 태어났다. 경태한테는 형 선태가 있었다. 경태는 동생이라는 두 글자 호칭으로 불리게 되었다. 형과 동생. 좋은 건 형 먼저 아우 다음. 경태가 기억하는 아주 어린 시절부터 경태는 형의 옷을 물려받아 입었다. 엄마는 형이 몇 번 안 입은 옷이니까 새것이라고 이야기해 주었으나 그렇다고 헌 옷이 새 옷이 될 수는 없었다. 나중에 영어 시간에 이런 걸 '세컨드 핸드(secondhand 중고,

빈티지 제품을 일컫는 말)'이라고 부른다는 사실을 알았을 때, 경태는 또 숫자 2에 당했다는 사실을 알았다. 옷만 그런 것이 아니었다. 이사한 집에는 2층 침대가 있었는데, 경태는 형이 1층을 먼저 차지해 버리는 바람에 아침마다 발바닥 아프게 사다리를 타고 내려와야 하는 2층에서 잤다.

학교는 또 어떻고? 선생님들은 경태를 경태가 아니라 선태 동생이라고 부르곤 했다. 선태에게 전해 줄 물건이나 선물을 경태에게 대신 전해 달라고 부탁하는 선배들도 많았다. 그뿐인가? 집에서 힘이 센 순서도 2등, 배우는 속도도 2등, 진도도 2등, 2등, 2등, 2등, 2등…….

'나도 1등이 되고 싶어.'

경태는 남몰래 그런 생각을 했다. 엄마와 아빠에게는 아무런 기대도 하지 않게 된 지 오래였다. 엄마의 휴대전화에는 경태와 선태의 전화번호가 이렇게 저장되어 있었다. '우리의 희망 선태', '우리의 기쁨 경태'. 경태는 기쁨이기보다는 하나밖에 없는 희망이 되고 싶었다. 하지만 선태는 경태가 보기에도 퍽 멋진 형이었고, 그래서 경태는 더 슬펐다. 무슨 짓을 해도 이길 수 없을 것 같았다.

하지만 그중에서도 가장 속상한 건 경태의 등하굣길이었다. 경태는 형과 같은 길로 등교하거나 하교하는 게 싫

어서 늘 멀리 빙 돌아가는 길로 다녔다. 이유를 말한다
해도 형이 비켜 줄 리가 없었기에 집에서 학교까지 이어
지는 쉽고 편한 길은 늘 형의 차지였다.

경태의 등굣길은 학교와 집 사이에 있는 사람 사는 건
물만 있는 주거 단지. 왁자지껄함이나 신남과는 거리가
먼 조용하고 지루한 길이었다. 형이 다니는 길로 다녔다
면 가는 길에 문방구도 있고, 마트도 있을 텐데…….

"세상에 단 하나뿐인 걸 원하니?"

갑자기 왁자지껄한 소리가 들려왔다. 경태는 깜짝 놀라
주변을 둘러보았다. 아무도 없었다.

"여기야, 여기!"

다시 목소리가 들려왔다. 경태는 목소리가 들리는 방향
으로 고개를 돌렸다. 목소리는 빌라와 빌라 사이의 좁은
샛길 안쪽에서 들려오고 있었다. 경태는 침을 꿀꺽 삼켰
다. 햇볕이 들지 않아 늘 어둑어둑한 골목이라서 경태는
한 번도 그 안쪽으로 들어가 본 적이 없었다.

그런 경태의 마음을 읽기라도 했는지 다시 목소리가 들
려왔다.

"괜찮아. 이리 와."

번쩍.

갑자기 샛길 안쪽에 환한 불빛이 들어왔다. 숫자 '1' 모양으로 목을 쭉 빼고 보니 골목 안쪽에는 자판기가 하나 있었고, 자판기에는 빛나는 물음표 하나가 그려져 있었다.

'저기에 자판기가 있었나?'

경태는 이 길을 매일매일 걸었지만 저런 자판기는 본 적이 없었다. 어제 하교하는 길에도 저런 자판기는 본 적이 없었다.

'그래, 어쩌면 오늘 생긴 자판기일지도 몰라.'

경태는 자판기를 구경하려고 샛길로 들어섰다. 한 걸음 한 걸음 걸을 때마다 2층 침대의 1층처럼 조용한 그늘이 경태를 감쌌다. 하지만 경태는 반짝반짝 빛나는 물음표에 정신이 팔려서 그 낌새를 알아차리지 못했다.

어느새 경태는 이상한 자판기 코앞까지 걸어와 있었다. 여느 자판기와 똑같이 생긴 자판기였는데, 이상한 점이 있다면 보통 음료수나 과자가 늘어서 있어야 할 곳에 커다란 물음표 하나만 붙어 있다는 점이었다. 지폐를 넣는 플라스틱 투입구에서 번쩍거리는 빛이 새어 나왔다. 자판기의 정체를 알려 줄 만한 것은 반짝거리는 물음표 위에 붙은 기계의 이름밖에 없었다. 어울리지 않게 나무로 만들어진 사각형 이름표에는 '장난기'라고 적혀 있었다.

"어서 와! 이건 재미가 필요한 사람만 찾아낼 수 있는 자판기야. 지금 삶이 심심한 너! 원하는 소원이 있으면 우리가 꼭 이뤄 줄게!"

마치 텔레비전 속에서 연예인들이 떠드는 것처럼 왁자 지껄한 소리가 자판기 안에서 흘러나왔다. 그러나 경태는 여전히 자판기의 이름 말고는 아무것도 이해가 되지 않 았다.

'소원이라고?'

그 말은 형이 다 풀어 놓은 문제집처럼 바보 같은 소리 로 들렸다. 뚱한 표정을 짓는 경태의 모습이 보이기라도 하는지 장난기가 다시 말을 걸었다.

"네 소원은 뭐야? 해결하고 싶은 고민이 있어? 무엇이 널 재미없게 만드니?"

그건 평범한 음료수나 과자를 권하는 말이 아니었다. 경태는 이상하게 자판기가 들썩들썩한다고 느꼈다. 'ㅁ' 자로 생긴 자판기가 'ㅂ'이나 'ㅇ' 자로 변하고 싶기라도 한 걸까. 경태는 무심코 자기 생각을 말했다.

"나만의 것이 있었으면 좋겠어."

쿵떡 쿵쿵떡, 와르르르.

요란한 소리가 났다. 자판기가 위로 쭉 솟았다가 옆으로 뚱뚱해졌다가 하는 것 같았다. 경태는 깜짝 놀라 몇 걸음 뒷걸음질을 쳤다.

"좋아! 그럴 땐 이게 딱이지!"

자판기의 물음표가 일렁이더니 곧 하나의 모습으로 바뀌어 있었다. 두꺼비였다. 다만 그냥 두꺼비가 아니라 황금 두꺼비였다. 경태는 어리둥절했다. 나만의 것이랑 황금 두꺼비가 도대체 무슨 상관이란 말인가?

"저게 뭐야?"

"황금 두꺼비이지."

"그건 나도 알아. 어디에 쓰는 거냐고?"

"생명은 어디에 쓰는 게 아니야. 그 자체로 있는 거지."

"그런데 왜 나한테 팔려고 해?"

"두꺼비가 네게 가고 싶다고 했거든."

"거짓말. 내가 아니라 우리 형이랑 착각한 거 아니야?"

"그럴 리가! 우린 거짓말은 하지 않아."

경태는 망설였다. 하지만 망설임이 궁금함을 이길 수는 없었다. 궁금함은 경태 마음속 감정 중에서 늘 1등이었다.

"얼마야?"

장난기 안에서 소곤거리는 소리가 희미하게 새어 나오는 것 같았다. 얼마인지 가격이 정해지지 않은 물건인 걸까? 경태의 마음속에서 자기도 몰래 불안감이 스멀스멀 피어올랐다. 지갑에는 하필이면 이천 원밖에 없었다. 그놈의 2! 곧 장난기에서 다시 목소리가 흘러나왔다.

"딱 천 원만 내!"

천 원이라고? 경태는 장난기의 마음이 바뀔 새라 허겁지겁 천 원을 꺼냈다. 그 천 원을 지폐 넣는 사각형에 꽂으니 곧 천 원이 안으로 빨려 들어갔다. 그리고 텅, 하는 소리가 아래쪽에서 울려 퍼졌다. 소리로만 들어서는 두꺼비 같지 않은데……. 경태는 쭈그리고 앉아 장난기에서 나온 물건을 꺼냈다. 한지로 포장된 상자의 포장을 뜯으니 그 안에는 움직이지 않는 황금 두꺼비와 편지가 한 장 들어 있었다.

경태는 먼저 편지를 읽었다.

### 안녕, 황금 두껍!

두꺼비는 하나뿐인 너의 영혼의 친구야!

두꺼비를 잘 돌봐 줘!

끝!

"이게 뭐야?"

경태가 물었으나 장난기는 더 이상 대답하지 않았다. 자기가 할 일은 끝냈으니 이제는 평범한 자판기 행세를 하겠다는 양 불빛도 끄고 가만했다. 경태는 하는 수 없이 두꺼비를 주머니에 넣고 걸었다. 어쨌든 경태는 학교에 가야 했다. 그런데 조금 걷다 보니까 주머니가 꿈틀꿈틀 움직이면서 경태의 허벅지를 간지럽혔다. 황금 두꺼비를 꺼내 보니 어느새 두꺼비는 잠에서 깨어나 있었다.

'이걸 돌봐 주라고? 어떻게?'

경태가 그런 생각을 하며 두꺼비를 찬찬히 살피고 있는데, 갑자기 두꺼비의 입이 쩍 벌어졌다. 몸속까지 온통 황금이었다.

"아버지, 아버지."

경태는 화들짝 놀라서 두 손으로 두꺼비를 감싸 숨겼다. 다행히 주위에는 아무도 없었다. 경태는 조심스럽게 손을 펴고 두꺼비에게 말을 걸었다.

"아버지라니, 무슨 소리야? 나는 초등학교 5학년인걸."

"아버지, 아버지."

그래도 두꺼비는 똑같은 말만 반복했다. 급기야는 경태의 얼굴을 향해 뛰어올랐다. 경태는 깜짝 놀라 피했는데,

두꺼비는 다리 힘이 좋았는지 그대로 경태 뒤로 멀리멀리 날아가 차도에 떨어졌다.

"아버지, 아버지."

두꺼비가 부르는 소리가 들렸다. 하지만 경태가 뒤돌아 보았을 때 눈에 들어온 건 두꺼비를 향해 달려오는 트럭이었다.

"위험해!"

경태의 외침은 제때 두꺼비에게 들리지 않았다. 트럭이 지나갔다. 황금 두꺼비는 더 이상 아무런 소리도 내지 않았다. 경태가 다가가 보니 황금 두꺼비가 있던 자리에는 작은 황금빛 얼룩만 남아 있었다.

그날 경태는 학교에서 하나도 집중을 하지 못했다. 계속 황금 두꺼비의 모습이 머릿속에 아른거렸다.

'왜 두꺼비는 나를 아버지라고 불렀을까. 두꺼비는 죽은 걸까? 하지만 애초에 살아 있는 생물이 아니라 로봇이나 장난감처럼 보였는데, 그걸 죽은 거라고 할 수 있을까? 무엇보다도 도대체 왜 나를 아버지라고 불렀을까? 나는 고작 초등학교 5학년일 뿐인데.'

방과 후에 경태는 장난기가 있던 골목에 다시 가 보았다. 그러나 장난기는 언제 거기에 있었냐는 듯 흔적도 없이 사라져 있었다. 황금 두꺼비에 관해 물어볼 사람이 없었다. 경태는 다음으로 도로에 가 보았다. 도로에도 황금빛 웅덩이는 더 이상 남아 있지 않았다. 그 자리에는 원래 있었나 싶은 풀이 한 포기 자라 있었다. 경태는 이상한 기분에 쭈그리고 앉아 풀을 바라보았다. 그런데 놀랍게도 황금 두꺼비의 목소리가 들려왔다.

"아버지, 아버지."

경태는 다행이라고 생각하면서도 무서웠다. 떨리는 목소리로 풀에게 물었다.

"내가 왜 네 아버지야?"

풀이 흔들리면서 말했다.

"아버지가 아버지이지요. 천생인연에 다른 이유가 필요한가요? 아버지에게도 아버지가 있듯이 그렇게 가족이 되는 건데요."

경태는 잠깐 생각해 보았다. 하긴 그렇게 따지면 경태의 부모님과 형도 경태의 부모님과 형이 되어야 할 이유가 있는 건 아니었다. 그 반대도 마찬가지였다. 경태는 풀한테 사과해야 할 것만 같은 기분이 들었다.

"내가 어떻게 해 주면 좋겠어?"

경태가 이제는 풀이 된 황금 두꺼비에게 물었다. 풀은

살랑살랑 흔들리며 대답했다.

"이미 뿌리를 깊이 내려서 여길 떠날 수가 없어요. 날 먹어 주세요. 그럼 다시 태어날 수 있어요."

"널 먹으라고?"

"네. 저를 먹으면 나중에 저를 낳게 되실 거예요."

"나는 남자인데."

"그런 건 중요하지 않아요. 태어날 때 그렇게 된다는 뜻이에요."

경태는 이제는 풀이 되어 버린 황금 두꺼비를 물끄러미 바라보았다. 경태는 과일이나 채소도 좋아하지 않는데 정체도 모를 잡초를 먹으라고 하니 거부감이 앞섰다.

"꼭 내가 먹어야 하는 거야?"

"그런 건 아니에요. 저를 아무 동물한테나 먹이면 그 동물로 다시 태어날 거예요."

"알았어."

"네, 아버지."

경태는 집으로 돌아가 인터넷 검색을 해 보았다. 아무리 잡초가 되어 버렸다고는 해도 황금 두꺼비를 계속 도로에 놔둘 수는 없었다. 새끼를 빨리 낳는 동물을 찾아 풀을 먹여야겠다고 생각했다. 찾아보니 풀을 먹는 동물

중에는 토끼가 가장 번식력이 좋다고 했다. 다행히 경태네 학교 사육장에 토끼가 있었다.

다음 날 경태는 사육장 담당인 아이와 청소 담당을 바꾸었다. 그리고 몰래 토끼 한 마리를 데리고 풀에게로 갔다. 풀은 아직 그 자리에 있었다.

"토끼를 데려왔어."

경태는 쪼그리고 앉아 속삭였다.

"토끼는 새끼를 금방 낳는대."

"고마워요, 아버지."

풀은 그렇게 말했다. 경태가 토끼를 풀 옆에 내려놓자 토끼는 풀을 뜯기 시작했다. 풀은 비명을 지르거나 신음을 흘리지도 않고 묵묵히 먹혔다. 기분이 이상했다. 이런 일 자체도 이상했지만 자기가 왜 정체도 모르는 황금 두꺼비를 위해 이렇게까지 하고 있으며 왜 이 정도로 마음이 쓰이는지도 알 수가 없었다.

곧 토끼가 풀을 다 먹었다. 경태는 아무도 몰래 토끼를 다시 사육장에 데려다 놓았다. 혹시라도 누가 봤을까 봐 걱정했는데 며칠이 지나도 아무 일이 없어서 안심했다.

그 뒤로 토끼가 새끼를 낳을 때까지는 아무 일도 없었다. 경태는 신경이 쓰여서 매일 토끼장에 들렀지만 풀을 먹은 토끼가 "아버지." 하고 부르는 소리는 들리지 않았다. 그래도 경태는 황금 두꺼비였던 풀을 먹은 토끼를 정확히 구별할 수 있었다. 그건 단지 그 토끼만 유독 배가 불러 왔기 때문만은 아니었다.

일주일이 지나고 토끼는 새끼를 낳았다. 반짝반짝 빛나는 금토끼였다. 금토끼는 경태를 보자 또 "아버지, 아버지." 하고 불렀다.

"아프지 않았어? 괜찮아?"

경태는 토끼장 앞에 쪼그려 앉아 황금 두꺼비였다가 풀이었던 금토끼에게 물었다.

"괜찮아요. 저를 여기서 빼내 주세요. 아버지와 함께 살고 싶어요."

경태는 당황했다. 금토끼에게 마음이 쓰여서 부탁을 들어주기는 했지만 경태네 집은 반려동물과 함께 사는 것이 금지였다. 형과 같은 방을 쓰면서 토끼를 몰래 숨기는 건 말도 안 됐다. 경태는 손사래를 쳤다.

"여기서 사는 게 더 낫지 않을까? 밥도 잘 줄 거고, 모두 너를 좋아할 거야."

금토끼는 펄쩍펄쩍 뛰었다.

"하지만 아버지와 함께 살고 싶어요."

"나는 네 아버지가 아니야."

금토끼는 풀이 죽었다.

"제가 싫으신가요? 버리는 거라면 받아들일 수 있어요."

경태는 생각을 해 보았다. 금토끼가 싫은 건 아니었다. 당황스럽기는 해도 금토끼는 아주 예뻤다. 물건이었다면 누구나 가지고 싶어 할 만했다.

"그런 게 아니야. 미안해. 방법을 찾아볼게."

경태는 그렇게 말하고 서둘러 교무실로 올라갔다. 다른 사람이 사육장 안의 금토끼를 본다면 난리가 날 것이 뻔했다. 금토끼를 데려가려면 아무도 토끼를 보지 못한 지금 몰래 빼내야 했다.

경태는 계단을 두 칸씩 달려 올라가 교무실에 도착했다. 다행히 학교에 일찍 출근한 선생님이 계셨다. 경태는 오늘 사육장 청소 당번을 바꾸었다는 거짓말로 사육장 열쇠를 받았다. 경태는 서둘러 달려 내려가 금토끼를 가둬 둔 사육장을 열어 주었다. 금토끼는 깡충깡충 뛰어 경태의 품에 안겼다.

"보고 싶었어요. 아버지."

그날 경태의 하루는 천천히 흘렀다. 주머니 속에 금토

끼를 넣고 있으니 하루의 순간순간이 모두 다르게 느껴졌다. 화장실에 가서 바지를 내릴 때도 조심스러웠고, 수업 시간에도 혹여나 주목을 받을까 봐 졸지 않았다. 점심을 먹으러 급식실에 내려갈 때도 뛰지 않고 천천히 걸었다. 행동 하나하나에 신경 쓰다 보니 집에 돌아왔을 때는 완전히 녹초가 되어 있었다. 경태는 금토끼가 답답할까 봐 책상에 꺼내 두었다. 그리고 잠깐만 누워 있는다는 것이 깜빡 잠들어 버렸다.

경태가 눈을 떴을 때는 이미 해가 뉘엿뉘엿 지고 있었다. 방문은 열려 있었고 밥 냄새가 났다. 경태는 침대에서 내려가 책상 위를 보았다. 금토끼가 없었다. 그 대신 형의 가방이 있었다. 불안한 예감이 들었다. 거실로 나가니 이미 가족들이 식탁에 모여 앉아 밥을 먹고 있었다. 그리고 금토끼는 형의 밥그릇 옆에서 죽은 척 움직이지 않고 있었다.

"너 이거 어디서 났어?"

경태가 자리에 앉기도 전에 물은 건 형이었다.

"진짜 금인 것 같던데."

그렇게 덧붙인 건 아빠였다. 아빠는 '이.' 하는 표정을 지어 치아를 드러내 보였는데, 금토끼를 보니 엉덩이에 작게 파인 흔적이 보였다. 아빠가 텔레비전에서 보는 것처럼 진짜 금인지 확인하려고 깨물어 본 것 같았다.

"솔직하게 말해 주렴. 혼내려는 게 아니니까."

마지막으로 엄마가 말했다. 경태는 가족들이 이미 금토끼를 훔친 거라고 생각한다는 점이 짜증 났다. 하지만 이 토끼가 자기 아이라고, 아니면 자판기에서 뽑았다고 말한다고 가족들이 믿어 줄까? 아무래도 그럴 것 같지는 않았다.

"어디서 났는지 알아볼게요."

형은 경태의 대답을 기다리지 않고 말했다.

"그래. 부탁한다."

아빠가 말했다.

"동생도 데려가렴."

엄마가 밥을 한 숟가락 떠서 입으로 가져가며 말했다.

금토끼는 아무 말도 못 하고 가만히 굳어 있었다.

경태가 말했다.

"내 토끼야."

경태의 그 말은 바로 옆에 앉은 형에게만 들렸다. 형이 물었다.

"뭐라고?"

경태는 방금 전보다 조금 더 큰 소리로 대답했다.

"내 토끼라고. 어디서 훔친 게 아니라 내 토끼야."

"훔친 게 아니면 어디서 났는데?"

형이 대꾸했다. 경태는 자기도 모르게 눈물이 핑 돌았다.

"나는 형한테 물려받은 거 말고는 아무것도 없어야 해? 친구한테 선물로 받은 거야!"

"친구 누구? 누가 이런 금덩이를 함부로 주니?"

이번에는 엄마가 물었다. 경태는 대답이 궁했다.

"말하면 엄마가 알아?"

"그럼, 말을 안 하면 어떻게 아니?"

아빠가 말했다. 경태는 삼 대 일로 취조를 당하는 것 같은 기분이 들었다. 엄마 아빠는 늘 형 말만 믿었다. 경태는 눈물이 나오려는 걸 꾹 참았다. 적어도 금토끼 앞에서는 울고 싶지 않았다. 그런데 그때, 여태까지 가만히 있던 금토끼가 폴짝 뛰어올랐다.

"뭐야!"

형이 머리 위로 올라간 금토끼를 잡으려고 손을 뻗었다. 하지만 토끼는 재빨리 폴짝 뛰어내려 식탁 아래로 내려갔다.

"뭐야!"

아빠가 의자에서 일어나려다가 발이 걸려 우당탕 넘어졌다.

"뭐야!"

엄마가 거실로 뛰어가는 토끼를 따라가면서 외쳤다. 하지만 재빠른 토끼는 엄마의 추적을 뿌리치고 열려 있던 창밖으로 폴짝 뛰어나가 버렸다. 어리둥절하게 식탁으로 모여드는 가족을 두고 경태는 자리에서 일어났다. 그리고 어디 가냐는 엄마의 질문에 대답하지 않고 방으로 들어가 침대에 엎드렸다.

'일부러 그런 거야. 내가 곤란한 걸 알고 날 떠난 거야.'

경태는 금토끼에게 해 준 게 아무것도 없어서 미안했다. 금토끼를 지켜 주지 못해서 미안했다. 낮에 깜빡 잠들어 버리지만 않았더라면 일이 이렇게 되지 않았을 거라는 생각이 들었다. 억울했다. 또 좀 후회가 됐다.

눈물은 좋은 수면제였다. 경태가 이마가 무거워 눈을 떴을 때는 이미 한밤중이었다. 창 너머로 들어오는 달빛이 방을 푸르게 밝혔다.

"아버지, 아버지."

경태 이마 위에 있는 것은 금토끼였다. 경태는 벌떡 일어나 두 손으로 금토끼를 감쌌다. 다시 집으로 돌아오기 위해 깨나 고생했는지 매끈하던 몸이 흠집투성이였다.

"괜찮아? 어디 안 다쳤어?"

경태가 말했다. 금토끼는 폴짝폴짝 고개를 끄덕였다.

"괜찮아요. 그리고 이제야 아버지 마음을 알겠어요. 가족이 꼭 좋은 건 아니네요. 미안해요."

경태는 고개를 저었다.

"아니야. 넌 최고의 아이였어. 우리 집에서 유일한 내 편이기도 하고."

"고마워요. 하지만 제가 여기 계속 있으면 아버지가 힘들 거라는 걸 알아요. 그동안 고마웠어요. 아버지."

금토끼는 이미 마음을 굳힌 듯, 금처럼 단단한 목소리로 말했다.

"다시 만나요, 아버지. 서로에게 좋은 아버지와 자식이 되어 다시 만나요."

그러고는 경태가 가지 말라고 붙잡기도 전에 폴짝폴짝 뛰어 달빛 속으로 사라졌다.

다음 날이 되자 경태는 여태껏 있었던 모든 일이 꿈만 같았다. 장난기가 있던 자리에는 이제 장난기가 없었고, 사육장도 무슨 일이 있었냐는 듯 평소와 똑같은 상태였다. 이미 사라져 버린 금토끼에 관해 가족들은 아무 말도 하지 않았다. 그들이 무슨 생각을 하는지 경태는 몰랐고 궁금하지도 않았다. 다만 어떤 일은 그저 그렇게 정해져 있는 것이라는 생각이 문득 머릿속에 떠올랐다.

# 에필로그

아무도 없는 골목, 노을이 깔리는 저녁.

장난기는 홀로 몸을 부르르 떨었다. 그러더니 펑 소리와 함께 연기에 휩싸이더니 흔적도 없이 사라졌다. 장난기가 사라진 자리에는 작은 도깨비들만 남았다. 사람 무릎만큼도 안 되는 키의 그들은 항상 왁자지껄 떠드느라 바빴다.

"거봐, 내가 맷돌은 안 된다고 했잖아. 사람은 맛에 약하다니까."

뿔 하나 달린 도깨비가 거만하게 말했다.

"뭐래, 나야말로 화수분 상자는 위험하다고 말했잖아."

뿔은 없지만 눈이 하나 달린 도깨비가 대꾸했다.

"그래도 화수분 상자는 해피엔딩이었잖아. 그거면 된 거지."

뿔 하나 달린 도깨비가 항변했지만, 머리가 덥수룩한 도깨비가 코웃음을 쳤다.

"해피엔딩이든 배드엔딩이든 무슨 상관이겠어. 재밌으면 그만이지."

덥수룩한 도깨비의 말에 다른 도깨비들도 화답하듯 합창했다.

"맞지, 맞지!"

이윽고 그들은 제각기 방망이나 구름, 목마 따위를 타고 뒷산으로 향했다. 도깨비들의 노랫소리가 바람이 되어 울려 퍼졌다.

"대왕 도깨비에게 가자. 대왕 도깨비에게 가자. 재미있는 이야기를 바치고 땅을 받자. 언젠가 자판기를 넘어 가게를 차릴 거라네."

열림원어린이 창작동화는 계속 출간됩니다.